〖中华诗词存稿·名家专辑〗
中华诗词学会 编

梦龙斋吟稿
庚子增订版

吕梁松 著

中国书籍出版社
China Book Press

图书在版编目（CIP）数据

梦龙斋吟稿：庚子增订版 / 吕梁松著. -- 北京：中国书籍出版社，2020.11

（中华诗词存稿）

ISBN 978-7-5068-8034-3

Ⅰ．①梦… Ⅱ．①吕… Ⅲ．①诗词－作品集－中国－当代 Ⅳ．①I227

中国版本图书馆CIP数据核字(2020)第197981号

梦龙斋吟稿：庚子增订版

吕梁松 著

责任编辑	毕 磊
责任印制	孙马飞 马 芝
封面设计	采薇阁
出版发行	中国书籍出版社
地 址	北京市丰台区三路居路97号（邮编：100073）
电 话	（010）52257143（总编室） （010）52257140（发行部）
电子邮箱	eo@chinabp.com.cn
经 销	全国新华书店
印 刷	北京虎彩文化传播有限公司
开 本	710毫米×1000毫米 1/16
字 数	332千字
印 张	26
版 次	2020年11月第1版 2020年11月第1次印刷
书 号	ISBN 978-7-5068-8034-3
定 价	258.00元

版权所有 翻印必究

《中华诗词存稿》编委会名单

顾　　问：郑欣淼　郑伯农　刘　征　沈　鹏
　　　　　叶嘉莹
编　　委：（按姓氏笔画排序）
　　　　　丁国成　王　强　王改正　王德虎
　　　　　刘庆霖　吕梁松　李一信　李文朝
　　　　　李树喜　陈文玲　张桂兴　范诗银
　　　　　欧阳鹤　杨金亭　林　峰　罗　辉
　　　　　周兴俊　周笃文　宣奉华　赵永生
　　　　　赵京战　钱志熙　晨　崧　梁　东
　　　　　雍文华
主　　任：范诗银
副 主 任：林　峰　刘庆霖
执行主编：吕梁松　王　强　李伟成
秘　　书：李葆国

作者简介

吕梁松，男，汉族，1958年3月生，黑龙江巴彦人，1981年8月参加工作，呼兰师范学校中文专业毕业。现任俊识(北京)文化传媒有限公司董事长，职业出版人。中华诗词学会常务理事，中国书法家协会会员。《中国书法大典》（六十卷）主编，《中华诗词存稿》（一百四十卷）执行主编，《中华诗词文库》（八十卷）编撰委员会委员、执行主编。出版著作有《梦龙斋吟稿》《梦龙斋吟稿续集》《钢笔楷书字帖》《中小学假期钢笔字教程》。

编辑出版《马凯诗词存稿》、《叶圣陶诗词·父子笔谈》、《三馀再吟》（沈鹏）、《郑欣淼诗词集》、《刘征诗词三十年自选集》、《叶嘉莹诗文选集》、《诗词与诗论》（郑伯农）、《影珠书屋吟稿》（周笃文）等近四百卷书籍。

员会审定，即将颁布全国试行。这些，都使我们真切地感受到，中华诗词的春天真的到来了。诗人们乘着骀荡春风，正以高昂的激情，书写着中华民族伟大复兴的新时代、新史诗、国家富强、民族振兴、人民幸福的中国梦；正以与人民同呼吸、共命运的诗人之心，对人民的欢乐，人民的忧患，人民的情怀给以诗意的表达；正以"美"或"刺"的诗人之笔，对市场经济大潮中人民对幸福生活的期待，对美好未来的希望，对假丑恶的深恶痛绝，或给以方向，或给以赞美，或给以鞭挞。正如习近平总书记所指出的："好的文艺作品就应该像蓝天上的阳光、春季里的清风一样，能够启迪思想、温润心灵、陶冶人生，能够扫除颓废萎靡之风。"

当前，传统诗词创作者和诗词爱好者队伍发展迅速，已超过三百万。每天创作的诗词作品超过唐诗、宋词、元曲的总和。诗词评论研究队伍也成长很快，访词评论、诗词学、诗词创作理论研究成果丰硕。如何从浩如烟海的诗词作品中"淘"出优秀作品，并使之存下来、传下去，如何使诗词研究理论成果"面世"并发挥应有的指导作用，确实是摆在我们面前的无可回避的一个重要课题。中华诗词学会是一个没有国家编制，没有国家拨款的社会团体，事业的运转主要靠社会赞助和会员费支，俊识(北京)文化传媒有限公司总经理吕梁松，北京采薇阁总经理王强，两位一直对中华民族传统文化情有独钟的热心人，慷慨解囊，愿意同中华诗词学会一起，搜集整理编辑推出《中华诗词存稿》这套书，共同为中华诗词文化的继承和发展，做成这件十分有意义的事情。

《中华诗词存稿》主要搜集整理出版三部分内容的资料。一是当代诗词名家的个人作品集；二是当代诗词评论家、诗词学者的学术专著作品集；三是当代诗词作品，诗词理论学术成果阶段性、专题性，地域性的集成类作品集。诗词作品强调精品意识，沙里淘金，把"有筋骨、有道德、有温度"的优秀诗词作品搜集起来。诗词评论、研究类资料强调理论性和创新性，应具有鲜明的个性物点，具有创建性的见解。集成类的资料应有一定的史料保存价值。做成一套具有当代价值和历史意义的好书。在此，我们编委会人员，向提供资料，筛选编辑，版面设计，校对勘误，包括所有为这套资料付出辛勤劳动的同志们，表示真诚的谢意！

郑欣淼
二〇一九年七月于北京

序　言

　　大约六年前，一位热心的朋友为中华诗词学会牵线，说是家在通州的一位企业家，愿与中华诗词学会合作，出版一套诗词丛书。得到这个消息，我很高兴，同时又心生疑虑：诗词专著的读者量有限，远远赶不上通俗读物。企业家肯解囊干这种费力而不赚大钱的买卖吗？

　　抱着试一试的态度，我赴通州与梁松见面：一条东北汉子，身材魁梧，声音宏亮，说话很痛快。他说，原先他在黑龙江佳木斯当干部，后来下海从事出版业，很爱好民族传统文化。他那里经营一个文化公司，已经和中国书法家协会签了协议，出版一套书法作品集。也想出一套诗词方面的书籍。他特别讲明，费用可以由他的公司筹措，排版、印刷、发行，都由他们负责，我们只管策划书目编辑书籍。他说得很坦率、很诚恳。中华诗词学会有一些全国闻名的专家，如果和国家级的出版社签合同，完全可以拿到数量颇丰的稿费、编辑费。但当时学术著作的出版相当困难，有不少名家自己贴钱出书。据我了解，梁松并没有万贯家资，他有一定的经济实力，但不可能像流水一样花钱。我们谈得很投机，大家都互相理解对方的处境和难处。很快达成共识：共同拟一个合作出书的方案，交中华诗词学会会长办公会议讨论通过后，即可付之实施。

　　当时孙轶青会长还健在，我向他报告这件事，他很高兴、很支持。在他的主持下通过了合作协议，学会立即组织人力，马不停蹄地策划、编撰这套丛书。从2007年到现在，共出版《中华诗词文库》

八十余卷，二千余万字。有中华诗词学会从酝酿到成立直到二十一世纪初的重要文献汇编，有百余年来重要诗词作品选编，有同期重要诗词论文选编，有各省市自治区诗词卷，有当代诗词名家作品专集，有专门介绍诗词格律和旧韵新韵的著作。面世后，填补了诗词出版的重大空白，受到业内外人士的广泛好评。梁松为此付出大量心血。我们合作得很愉快。去年，经过双方磋商，我们决定开启另一个合作项目，共同出版当代诗词集成，包括《全当代诗》《全当代词》《全当代曲》。体例仿照全唐诗，规模比《全唐诗》要大得多。此项工程已在进行之中。

通过多年合作，我和梁松在不知不觉之中成为好朋友。开始，我把他当成企业家。后来，我觉得他不像生意人，起码不是一个纯粹的生意人。做生意的离不开一个利字，梁松当然不可能超脱于此，但他是个很重事业的人，经常把事业看得比经济利益更重要。有一次出书需要钱，公司一时找不到款项，他把为儿子结婚准备的钱拿出来应急。他心里有个目标，就是为文化事业出几套好书，能够藏于学林、传于后世。为此，他朝思暮想，孜孜以求。每个人心中都有一个梦。梁松的梦就是出几套能传世的书，从内容到形式，从印刷到装帧都是一流的好书。说他是个出书迷，是一点也不夸张的。

过去我只知道梁松经常练书法，于此颇有修养，并不知道他经常挥毫赋诗，在这方面也有长期的磨炼。今年上半年，我从杂志上看到梁松的几首绝句，不禁大为惊讶。最近，他把多年积累的写作成果编成小册子，要我写几句话。伏案诵读，心潮难平。诗如其人。他的诗率真、坦诚，没有扭捏作态，没有故弄玄虚，写的是心中之感悟，舒的是胸中之块垒。一生经历、一腔热血，都在滚动的诗句里。六年前，他填了四首"采桑子"，其中一首咏故乡的三江屯垦：

边陲百里无人迹，僻壤穷乡。亘古苍凉。大野孤烟对夕阳。官兵十万齐征战，铁马戎装。辟拓洪荒。斩尽荆蓁屯垦忙。

四年前，他有一首记叙故人聚会的"行香子"：

旧雨同窗，约会龙江。再回首，往日时光。二十六载，岁月凝香。又重把酒，酒中忆，忆时伤。　　高擎玉液，纵放痴狂。问人生，几度夕阳？壮心犹在，共铸辉煌。愿真情永，豪情放，友情长。

这些词韵味绵长，写出了真性情，使我们窥见了一个真正的东北汉子。

最使我难忘的是他那些直接写近几年在北京拼搏的诗。不看不知道，看了才知他为了完成中华诗词"文库"和"集成"付出了多少汗水和心血。

胥吏非吾志，辞乡七载行。

辑书逾万卷，置酒过千盅。

遥忆故园事，常思旧雨情。

高眸如可望，东北一长凝。

——九日登高怀远并寄庆民

一窗春雨送轻寒，灯下辑书漏已残。

但使微躯能着力，敢将皤鬓向流年。

集成数帙方才定，文库百章尚未全。

勋业初开当奋勉，乘风破浪再扬帆。

——夜吟寄友

去年年底和梁松商定出版《当代中华诗词集成》。这时，他胆囊炎发作，被送进医院，夫人亦身体不适，后来查出重病，必须动大手术。梁松扶病写了一首七律：

> 京中多病每强撑，客路时艰跟跄行。
>
> 消尽华年吟白发，熬穷寒夜写青灯。
>
> 襟怀敢放千觞饮，肝胆难收一寸倾。
>
> 但得集成芳翰苑，定驰捷报到江城。

读这首诗，令我心痛不已，但愿好人一生平安。这几年，中华诗词有了大普及、大发展。人们首先会记住那些得过大奖，曾经在媒体上大展风采的人物。但我们千万不要忘记，有不少热心人默默地为诗词事业修桥铺路，他们也是功不可没的。梁松可以算是其中的一个吧！他默默地为他人作嫁衣裳，其实，他自己也颇有几分"姿色"，也是个"靓女"。读读他的诗，人们就会明白这一点。

郑伯农
2011年10月于北京

诗中豪士酒中狂

——《梦龙斋吟稿》序

吕君梁松，余之忘年友也。工书法、擅诗词，尤耽爱杯中佳酿。每酒酣兴起，提笔为诗，恒有佳句妙思，喷涌而出。前时，梁松君索序于余，余应曰：君善饮，曷为我赋酒歌一首以助文兴。应曰："诺"。半小时后即以《酒歌》发手机上。诗云：

一醉无求不羡仙，豪情万丈在云天。
九霄揽月银河饮，斗酒倾肠碧海干。
笔走龙蛇腾画卷，怀藏珠玉入诗篇。
飞觞尽享其间乐，任我忘形舞大千。

可谓一气呵成，文不加点，而逸怀雄抱，气薄云天矣。不谓之为捷才，可乎？

梁松之为人，重义气，敢于有为。曾在政府机关谋职，口碑甚佳。因倦于应对琐事，脱然有怀五柳高风，于十余年前挂冠而去，一心从事文化事业。倾其所有，集资千万，以发扬书法、诗词事业为己任。主编《中国书法大典》（已出版60卷）；《中华诗词文库》（已出版80余卷）。近将策划主编出版宏篇巨制《中华诗词集成》，分《全当代诗》《全当代词》《全当代曲》三大部分，以存千秋史迹、铸昭代诗魂为己任。设拦江大网，收尽时贤佳作。其规模志向，可不壮哉？可不奇哉？持较先贤如明代毛晋之《六十名家词》、胡震亨之

《唐音统签》以及清曹寅之《全唐诗》远为过之。堪称诗词痼癖、文化奇人。张心潮曾云："水不可以无藻,乔木不可以无藤萝,人不可以无痴。"张岱亦云："人无癖不可与交,以其无深情也。人无疵不可与交,以其无真气也。"若梁松之癖酒耽诗,固是男儿本色,才人至情。发为吟章,便不乏惊人之句。如《九日登高怀远》:

胥吏非吾志,辞乡七载行。
辑书逾万卷,置酒过千盅。
遥忆故园事,常思旧雨情。
高眸如可望,东北一长凝。

"辑书逾万卷,置酒过千盅。"十字举重若轻,尽显文采风流,移置他人不得。《冬夜遣怀》云:

百岁光阴已半分,少年豪气迄今存。
弓强尚可矢鹰隼,剑利犹能泣鬼神。
无悔青春酬日月,有情朱墨洒乾坤。
他年我若归乡野,定作痴狂放一樽。

"弓强""剑利"何限英雄本色;"青春""朱墨"描就绚丽人生,"痴狂"一语道出性格大美。

余谓梁松之诗乃酒香薰就,充满醉乡情态。或于酒中出灵感:"日品芳醪晚记诗,只缘静夜出奇思。已忘漏刻滴能尽,嗔怪邻鸡报晓迟。"(《夜作》)或于酒中出人格:"正午田园饭,农家风味多。蒸烀茄谷黍,炖炒鸭鸡鹅。鲜嫩湖中鲤,味香山上蘑。此杯如不醉,失我好人格。"(《再访桦南观感七首》之五《农舍午餐》)或于酒中绘出人生百态:"三千里外边城忆,五十年间翰墨情。半世光阴零落尽,生涯只在酒中倾。"(《五十咏怀》)或于酒中品味自在悠闲:"闲来纵笔诗情放,自在飞觞酒令深。燕雀难怀鸿鹄志,柏松犹抱岁寒心。"(《五十咏怀》)酒中亦有悔悟:"本欲挥毫光盛业,却为纵酒误功名。浮思世事千丝乱,回望年华一梦惊。"(《五十杂咏》)酒中还有嗟叹:"经年文卷尘空满,故地山川草木长。莫叹松花东逝水,一壶浊酒对斜阳。"(同上)酒中更有成功之欣悦:"阳光铺案醉挥毫,走笔如风卷浪潮。草圣张颠观赏罢,欣然伴我共风骚。"(《醉后作书》)酒中还有梦醒后之怅触:"数日无醉难挨,今番把酒筵开。山珍野味尽有,旧故新知都来。换盏推杯狂饮,吟诗诵赋畅怀。飘然误入仙境,梦醒方始归来。"(《醉酒》)如此等等,用笔奇幻,变化不穷。

梁松诗词于酒香之外,更有真情大爱之奇情烈抱。如《自题小照》:"心能装下天,一醉便成仙。虎胆浑如斗,挥毫赖酒酣。"又《虎》诗:"生来本自在山中,勇猛出山百兽空。一啸忽惊天地动,至尊王者我为雄。"如此咏物之作,实乃诗人性格之反射。其用新韵写出之《感叹伊战》更是金刚怒目之作:"哀叹伊拉克,连年战火飞。野嚎天地暗,国破鬼神悲。血水流成海,尸骸摞满堆。美英侵占者,心比碳还黑。"激愤之情,几于怒发冲冠矣。梁松作品更洋溢时代主旋律与昂扬进取之精神。如《游东方明珠塔》:"明珠巨塔耸云霄,欲与苍穹试比高。凭眺一泓黄浦水,滔滔流去作狂潮。"以及《京城咏桥》:"最多不过北京桥,棋布星罗一望遥。霓彩映辉天样远,花开竞艳满城娇。纵横南北高低汇,错落东西上下交。宛若仙人工笔就,京华装点尽妖娆。"匪唯气象宏伟,而且对仗工丽,声情铿鞳,不愧为盛世之鸿篇。其它如《读长青兄〈飞翔的乐章〉有感》:

"飞翔一曲尽知兄，岁月如歌志竟成。胸溢豪情诗自放，乐章似火映天红。"以及《早春抒怀》："春到瀛寰万象新，东风着意惹骚人。裁诗欲纵凌云笔，把酒当倾纳海樽。巨制集成凭胆魄，鸿猷谋尽赖精神。放怀一曲广寒上，邀与嫦娥舞碧云。"字里行间充满壮怀烈抱、燃烧熊熊火焰，令人读之有神观飞越之大快。然而梁松集中亦时见缠绵妙曼之轻音絮语，令人为之心醉。如《长相思•送别》："聚依依，散依依，分手相逢无有期。襟前双泪滴。　别依依，恨依依，勿忘芳丛携手时。人生常别离。"以及《忆江南》："江边柳，月下亦婀娜。不媚珠光花月好，只怜游子唱离歌。羁旅自愁多。""中秋月，皎皎断人肠。酒醒方知身是客，佳人那畔正思乡。人事两茫茫。"真有缠绵无尽之悱恻情怀。又其《江城子•秋日怀远》："一怀愁绪入秋凉。客他乡，叹流光。水远山高，何处是归航。云外箫声吹欲断，南去雁，一行行。　不胜羁恨掩清觞。损柔肠，费思量。遥对松江，点点泪沾裳。犹忆春吟诗百首，曾记否？莫相忘。"另如《浣溪沙•春愁》："一片春愁何处消，东风已上短长条。莺啼晓树惹心焦。鸿羽不知榆塞远，梦魂怎奈马蹄遥。栏杆倚尽盼归桡。"皆空灵婉转，别饶情致，百炼钢顿成绕指柔矣。

梁松天性浑厚，笃于情谊。其怀人悼故之章系乎天性，感人至深。如《谒金门•悼姜超》："含悲忆，洒酒故知同祭。空对遗容凭肃立，哀默伤心泣。　回首当年知己，挥墨几人能比？从此阴阳天隔地，梦断书生气。"另《长相思•和魏律民先生》："日亦思，夜亦思。最盼朝朝入梦时。故人相见稀。　愁依依，恨依依。难写心头肠断诗。浅情人不知。"好一个"浅情人不知"，何其蕴藉而深至如此。梁松之《雪夜怜儿》与《人情天地》组诗，更是别具声情之佳作。如"遥怜小儿女，负笈在京城。又落初冬雪，衣单不御风。悠悠慈母意，切切舔犊情。此心无所寄，催我速归程。"可谓至情深爱，令人读之弥增骨肉天伦之重。另如："人有感情亦有心，真心不负重情人。纵然一日刀山上，患难之时不二心。""天地人情刻在心，至诚能取众人尊。五湖四海皆兄弟，心有阳光总是春。"皆语浅情深、格高义重直指奔心一等妙语。薄倖浅情之辈，何可梦到。读此等诗作，对于医治浇薄世风，功岂小哉？诗人为社会之良心与时代之风标，吾侪当于此着实努力。

梁松诗立意高远，属对精严，富于气象，洵为时代之正声。若能于精深密致上再下功夫，则远到大成之境不难到也。试揩老目，企予望之。

周笃文
辛卯处暑撰于影珠书屋

目 录

总　序 ································ 郑欣淼(001)

序　言 ································ 郑伯农(004)

诗中豪士酒中狂 ······················· 周笃文(008)

律　诗

步韵马凯副总理诗二十八首

致马凯副总理 ····························· (001)

致郑欣淼先生 ····························· (001)

致郑伯农先生 ····························· (001)

致周笃文先生 ····························· (002)

致沈鹏先生 ······························· (002)

致赵长青先生 ····························· (002)

致李文朝先生 ····························· (003)

辑书自勉二首 ····························· (003)

九日致孙彧学先生 ························· (004)

致李葆国先生 ····························· (004)

致赵安民先生 ····························· (004)

致于俊敏先生二首 …………………………………………………… (108)

书奋二首 ………………………………………………………………… (109)

丁酉春抒怀 ……………………………………………………………… (109)

在京会俊敏 ……………………………………………………………… (110)

京城迎春花开放 ………………………………………………………… (110)

送　春 …………………………………………………………………… (110)

丙申腊月送友人 ………………………………………………………… (111)

寄苏东兄二首 …………………………………………………………… (111)

京中寄同窗二首 ………………………………………………………… (112)

京中与俊敏夜饮 ………………………………………………………… (112)

寄张德文兄弟 …………………………………………………………… (113)

在京逢俊敏二首 ………………………………………………………… (113)

春夜与魏律民先生赓酬 ………………………………………………… (114)

春节返京时作 …………………………………………………………… (114)

重阳感旧三首 …………………………………………………………… (114)

丁酉重阳述怀 …………………………………………………………… (115)

春日偶成 ………………………………………………………………… (116)

春　信 …………………………………………………………………… (116)

客京十二载逢春有感 …………………………………………………… (116)

原韵和魏律民先生《七律·致梁松君》………………………………… (117)

早春抒怀 ………………………………………………………………… (117)

春夜乡思 …………………………………………………………… (118)

辛卯致诸学友 ………………………………………………………… (118)

初夏夜旅怀 …………………………………………………………… (119)

辛卯岁暮酒后作 ……………………………………………………… (119)

读六中全会公报有感 ………………………………………………… (120)

京中送铁男、辛慧返七台河 ………………………………………… (120)

贺俊敏弟退休后迁入京城二首 ……………………………………… (121)

丁亥岁末感怀并有感于魏律民先生诗《赞梁松》………………… (121)

"五十"五咏 ………………………………………………………… (122)

原韵再和李葆国先生 ………………………………………………… (123)

读于俊敏先生《寄兄》并和 ………………………………………… (124)

己丑初冬致魏律民先生 ……………………………………………… (124)

冬夜遣怀并寄昌贵兄 ………………………………………………… (125)

冬夜寄家乡诸友 ……………………………………………………… (125)

退休六年有感 ………………………………………………………… (126)

春节后返京寄少华弟 ………………………………………………… (126)

写在《中华诗词集成》组稿前 ……………………………………… (127)

写在《历代绝句汇编》付梓前 ……………………………………… (127)

拟编《千家诗钞》有感 ……………………………………………… (127)

《梦龙斋吟稿》（庚子增订版）定稿 ……………………………… (128)

元日作 ………………………………………………………………… (128)

元旦寄成文兄弟……………………………………………（128）

丁酉岁晏寄友人……………………………………………（129）

岳丈逝世周年祭……………………………………………（129）

己亥中秋……………………………………………………（129）

春日致魏、于二君…………………………………………（130）

戊戌春京城送俊敏弟………………………………………（130）

在京寄魏公二首……………………………………………（130）

逢秋寄俊敏…………………………………………………（131）

百卷《中华诗词文库》即将收官…………………………（131）

约同窗京城夜饮……………………………………………（132）

岁晚客愁……………………………………………………（132）

五十九岁咏怀………………………………………………（132）

在京送大力、永智…………………………………………（133）

京城春感……………………………………………………（133）

寄原立军先生………………………………………………（133）

握别白志军兄………………………………………………（134）

戊戌春送德文弟……………………………………………（134）

思　归………………………………………………………（134）

暮秋长安街送友人…………………………………………（135）

步魏兄"人生感怀"原韵……………………………………（135）

归　思………………………………………………………（135）

念旧雨 (136)

通州聚佳木斯诗友 (136)

京中夜聚邯郸诗友 (136)

京中喜逢俊敏 (137)

逢秋别友 (137)

庚子春京中寄书东兄二首 (137)

忆去年佳木斯有聚魏兄 (138)

在京喜逢友人 (138)

和文朝会长诗 (139)

重阳节前江上雅聚 (139)

己亥元宵节有寄魏兄 (139)

忆往事 (140)

六十二岁生日 (140)

戊戌初秋去鲁归来作 (140)

丙申秋巴彦老家拜亲访友 (141)

戊戌秋寄友人 (141)

己亥除夜 (141)

读诗学书感悟 (142)

退休十五年有感而作 (142)

己亥初秋去平谷农家游记 (142)

戊戌夏末与友香山饮 (143)

庚子春有寄铁男 …………………………………………… (143)

丁酉春松花江上游船聚友 ……………………………… (143)

宅家辑诗稿有怀于武汉疫情二首 ……………………… (144)

戊戌九日后病愈出院有作 ……………………………… (144)

己亥九日 …………………………………………………… (145)

庚子春节前送程力张丽夫妇从北京返乡 ……………… (145)

庚子俊敏生日有寄二首 ………………………………… (146)

戊戌秋佳木斯聚会张德文兄弟二首 …………………… (146)

光　阴 ……………………………………………………… (147)

访　旧 ……………………………………………………… (147)

九日诗 ……………………………………………………… (148)

观泊远兄诗书感赋 ………………………………………… (148)

乙未夏日游佳木斯、伊春 ……………………………… (148)

丙申四月病中寄故乡诸友六首 ………………………… (149)

读庆霖诗有感二首 ………………………………………… (151)

乡　思 ……………………………………………………… (151)

寄友人 ……………………………………………………… (152)

癸巳中秋节前寄赵宁先生 ……………………………… (152)

春至所思 …………………………………………………… (152)

葫芦岛同学会五律一首 ………………………………… (153)

丙申冬至聚友 ……………………………………………… (153)

丁酉二月二日生日三首	(153)
在京十五年感怀	(154)
京城迎春花开放	(155)
春日佳木斯访友二首	(155)
回佳木斯借宿哈尔滨别墅	(156)
旅怀忆旧游并寄佳毅	(156)
再访抚远拜会福东兄弟	(156)
时隔两年后又回佳木斯	(157)
松花江北岸会友	(157)
夜饮松花江上	(157)
秋日松花江畔随想二首	(158)
乙未初春佳木斯抒情	(158)
读《啸龙阁文韵》有感	(159)
春夏之交佳木斯会友	(159)
佳木斯访友	(159)
佳木斯友人会所雅聚	(160)
佳木斯松花江北岸与朋游	(160)
运河源头寄泊远	(160)
丁酉秋到猴石山	(161)
2018春节致友二首	(161)
步万臣兄《龙抬头》原玉	(162)

附：吕万臣同窗原诗《龙抬头》 …………………………… (163)

戊戌二月二生日 ………………………………………………… (163)

寄友人 …………………………………………………………… (164)

和马凯副总理诗《五律·致雅集诗友》 ………………………… (165)

附：马凯副总理原诗《五律·致雅集诗友》 ……………… (165)

咏春风并步马凯副总理《雪日读书有感》二首 ……………… (166)

附：马凯副总理原诗《雪日读书有感》 …………………… (166)

酒　歌 …………………………………………………………… (167)

佳木斯返京乘车一日 …………………………………………… (167)

附：魏律民先生原诗《七律·致梁松君》 ………………… (167)

再和魏律民先生并致俊敏君 …………………………………… (168)

在京寄魏律民先生并和《辛卯元旦赠梁松》 ………………… (168)

贺《中华诗词集成》组稿，再和魏律民先生《辛卯元旦赠梁松》… (169)

附：魏律民先生原诗《辛卯元旦赠梁松（新韵）》 ……… (169)

登泰山 …………………………………………………………… (170)

春思寄友 ………………………………………………………… (170)

春　盼 …………………………………………………………… (170)

春日游大运河森林公园 ………………………………………… (171)

辛卯清明巴彦、呼兰同学聚会有感二首 ……………………… (171)

放帆千岛湖 ……………………………………………………… (172)

赞魏律民君 ……………………………………………………… (172)

秋日归思并寄树波	(173)
癸巳秋寄魏君	(173)
秋日故乡感旧并寄文利、淑红	(174)
返京寄庆海弟	(174)
书　愤	(175)
闲　愁	(175)
初冬夜有怀魏君	(175)
贺贤侄金榜题名	(176)
由北京去佳木斯途经哈尔滨时作	(176)
乘豪华游轮夜游吴淞口	(177)

毕业二十年同学会十三首（其一）

夜　饮	(177)
秋日胆囊手术后感怀	(178)
悼姜超君二首	(178)
学友聚会抒怀	(179)
醉　酒	(179)
贺2004雅典奥运会110米栏刘翔夺金三首	(179)
农舍午餐（新韵）	(180)
贺好友生日	(181)
冬日桦南会友	(181)
寄　怀	(181)

新春前夕致友 …………………………………… (182)

感叹伊战（新韵）………………………………… (182)

和于俊敏先生《北国冬韵》……………………… (183)

  附：于俊敏先生原诗《北国冬韵》…………… (183)

贺孙牧嘉明、潘卓新婚之喜……………………… (184)

春来紫禁城 ………………………………………… (185)

读魏律民先生《塞外春盼》又和………………… (185)

  附：魏律民先生原诗《塞外春盼和<春来紫禁城>》 …… (186)

同贺五十岁生日致俊敏三首……………………… (187)

  附：于俊敏先生原诗《<同贺五十生日>和梁松先生》 …… (188)

贺俊敏君生日……………………………………… (188)

戊子中秋寄文举并有感于《中秋日怀友》……… (189)

  附：方文举先生原诗《中秋日怀友》………… (189)

京城咏桥…………………………………………… (190)

春节佳木斯别魏、于二君三首（同韵）………… (190)

感魏律民先生诗《贺梁松生辰》并和…………… (191)

  附：魏律民先生原诗《贺梁松生辰》………… (191)

和魏律民先生《早春抒怀》二首………………… (192)

  附：魏律民先生原诗《早春抒怀》…………… (192)

初秋寄文学兄……………………………………… (193)

九日登高怀远并寄庆民…………………………… (193)

附：魏律民先生原诗《和梁松〈九日登高怀远〉》……（194）

初冬寒雪乡思……（194）

贺俊敏五十二岁生日……（194）

思 乡……（195）

庚寅重阳登香山寄成文弟……（195）

庚寅重阳后从北京去佳木斯四首（同韵）……（196）

附：魏律民先生原诗《喜迎梁松荣旧》……（197）

回乡下老家即景……（197）

客东郊渔村……（198）

仲秋后于佳木斯返京列车中作……（198）

逢秋寄俊敏……（198）

暮秋傍晚游衡水湖饮小渔村……（199）

客京十五年随感……（199）

长安街送友人……（199）

近读魏兄篇什有感……（200）

晨读《野草集》……（200）

大连湾观海……（200）

九日雅集……（201）

思乡忆往……（201）

初冬夜旅思……（201）

乡中宴老友……（202）

羁　游…………………………………………………………（202）

绝　句

七绝·与家人视频聚会………………………………………（205）

读苏东兄新诗集有感…………………………………………（205）

拜读长青兄"富阳纪行"有感………………………………（205）

为婉宁侄女生日而作…………………………………………（206）

随　感…………………………………………………………（206）

秋日饮酒………………………………………………………（206）

中　秋…………………………………………………………（207）

春节后返京车上作三首

　　　列车启动………………………………………………（207）

　　　列车过南岔、带岭、朗乡……………………………（207）

　　　列车过老家兴隆镇……………………………………（208）

丙申葫芦岛同学会绝句六首…………………………………（208）

丙申除夕夜致友人二首………………………………………（210）

彧学赞…………………………………………………………（211）

寄呼兰师范中文三班…………………………………………（211）

咏雄鸡…………………………………………………………（211）

步秀坤先生韵七绝二首………………………………………（212）

春………………………………………………………………（212）

闻老同学郝志远不慎摔伤，非常惦念，即赋 …………… (213)

春　日 …………………………………………………… (213)

送友人 …………………………………………………… (214)

题夫人照 ………………………………………………… (214)

京上秋感四首 …………………………………………… (214)

京门饯行友人 …………………………………………… (216)

和郑伯农老《赠梁松》二首 …………………………… (216)

　　附：郑伯农老原诗《赠梁松》 ………………… (217)

又一绝 …………………………………………………… (217)

贺长孙出生 ……………………………………………… (217)

劳动节感怀并致国军 …………………………………… (218)

海上垂钓三首 …………………………………………… (218)

和张旭光先生《迎兔年口占一首》五首 ……………… (219)

　　附：张旭光先生原诗《迎兔年口占一首》 …… (221)

清夜记梦 ………………………………………………… (221)

归　心 …………………………………………………… (221)

宿千岛湖 ………………………………………………… (222)

寄张伯 …………………………………………………… (222)

寄魏君 …………………………………………………… (222)

为儿吕天识、儿媳李美怡新婚之喜作贺诗二首 ……… (223)

题　画 …………………………………………………… (223)

秋　感 …………………………………………………………… (224)

德庆楼饮 ………………………………………………………… (224)

壬辰春寄俊敏 …………………………………………………… (224)

菊 ………………………………………………………………… (225)

机上观云海 ……………………………………………………… (225)

山寺观僧 ………………………………………………………… (225)

归　思 …………………………………………………………… (226)

酒　趣 …………………………………………………………… (226)

春　歌 …………………………………………………………… (226)

新春致苏晓胜弟 ………………………………………………… (227)

新春致徐新国弟 ………………………………………………… (227)

春日致长青兄 …………………………………………………… (227)

新春致伟成二首 ………………………………………………… (228)

读漆钢《步养拙斋甲午贺岁韵》按原韵奉和 ………………… (228)

　　附：漆钢先生原诗 ……………………………………… (229)

岁末致孙琳二首 ………………………………………………… (229)

新春致魏律民先生 ……………………………………………… (230)

学　书 …………………………………………………………… (230)

致魏兄 …………………………………………………………… (230)

咏　春 …………………………………………………………… (231)

咏梅六首 ………………………………………………………… (231)

观中央电视台书画频道学生画兰	(233)
咏兰二首	(233)
观三江汇流有感	(234)
赴上海机上作	(234)
游东方明珠电视塔	(235)
子夜后登泰山	(235)
病榻思儿	(235)
故里情二首	(236)
母校校园旧址三首	(236)
同学聚会感怀	(237)
驿马别情二首	(238)
观志安、德伦作书有感	(238)
饮酒诗	(239)
夜　宿	(239)
桦南醉酒	(239)
提前退休有感	(240)
哈尔滨日月潭酒店深夜饮	(240)
桦南访友六首	(241)
四丰湖春游二首	(243)
晨星岛	(243)
乡村席中吟	(244)

佳节感怀 …………………………………………………………… (244)

观菊展 ……………………………………………………………… (245)

京城咏雪（新韵）………………………………………………… (245)

梦已故母亲 ………………………………………………………… (245)

送铁男、辛慧返七台河 …………………………………………… (246)

新春前夕致范君二首 ……………………………………………… (247)

夜　醉 ……………………………………………………………… (247)

中秋万福楼夜饮二首 ……………………………………………… (248)

对月独饮 …………………………………………………………… (248)

山中寻趣 …………………………………………………………… (249)

贺现代汽车北京建厂二周年 ……………………………………… (249)

贺竞添、姜富生日

　　一、生日 ……………………………………………………… (249)

　　二、虎 ………………………………………………………… (250)

　　三、兔 ………………………………………………………… (250)

新春前夕致立燕君三首 …………………………………………… (250)

故里聚饮 …………………………………………………………… (251)

佳木斯市郊区聚友二首

　　席中吟 ………………………………………………………… (252)

　　品茗吟 ………………………………………………………… (252)

天地人情五首 ……………………………………………………… (253)

读《北国冬韵》有感二首 …………………………… (254)

卧佛山滑雪场 …………………………………………… (255)

清夜饮 …………………………………………………… (255)

车窗晨望 ………………………………………………… (256)

新春咏二首

  除夕夜 ……………………………………………… (256)

  春之韵 ……………………………………………… (256)

叹春花二首 ……………………………………………… (257)

二忾咏 …………………………………………………… (257)

八月十五思友二首 ……………………………………… (258)

醉后作书 ………………………………………………… (258)

自题小像 ………………………………………………… (259)

天上月 …………………………………………………… (259)

翰墨情怀 ………………………………………………… (259)

感悟人生 ………………………………………………… (260)

追吊冯军 ………………………………………………… (260)

去山东途中作 …………………………………………… (260)

别张同 …………………………………………………… (261)

读长青兄《飞翔的乐章》有感 ………………………… (261)

中秋夜致小平兄 ………………………………………… (261)

到寿光 …………………………………………………… (262)

和魏律民先生 (262)

附：魏律民先生原诗《七绝一首》 (262)

和魏律民、于俊敏先生《戊子二月二》 (263)

附：魏律民先生诗《和于君<戊子二月二>》 (263)

附：于俊敏先生原诗《戊子二月二》 (263)

上元夜和吴震启先生《戊子元宵诗寄灾区父老乡亲兼答诗友》二首 (264)

附：吴震启原诗《戊子元宵诗寄灾区父老乡亲兼答诗友》 (264)

平生多喜好二首 (265)

读魏律民先生《答友人》并原韵奉和 (266)

附：魏律民先生原诗《答友人》 (266)

《答友人》又和 (266)

附：魏律民先生原诗《又和<答友人>》 (267)

读《读梁松感赋》又原韵赠和魏律民先生 (267)

附：魏律民先生原诗《读梁松感赋》 (267)

京城扬沙天气 (268)

伟成君去沈阳住院感赋 (268)

致姜富生日 (268)

戊子岁末寄成才兄 (269)

读张旭光先生《牛年初一话耕牛》并和 (269)

附：张旭光先生原诗《牛年初一话耕牛》 (270)

己丑春节 (270)

咏　菊 …………………………………………………… (270)

夜　作 …………………………………………………… (271)

客京七周年感 …………………………………………… (271)

万寿园菊花展 …………………………………………… (271)

回乡下老家酒醉偶得 …………………………………… (272)

次韵魏律民先生和《感事》 …………………………… (272)

  附：魏律民先生原诗 ……………………………… (272)

次韵蒙老诗《感事》 …………………………………… (273)

  附：蒙老（吉良）原诗 …………………………… (273)

怀　友 …………………………………………………… (273)

题梓卿老同学发来五姐妹同游组照五首 ……………… (274)

怅晚秋 …………………………………………………… (275)

秦皇岛归来与宋彩霞先生和元旦诗 …………………… (276)

观何鹤老师松石图 ……………………………………… (276)

杂　诗

登驿马山 ………………………………………………… ((279)

庆建党83周年雨后咏 …………………………………… (279)

再访桦南观感（新韵）

  桦南会友 …………………………………………… (282)

  观县府楼 …………………………………………… (282)

  游向阳湖 …………………………………………… (283)

咏列车 ······ (283)

登圆觉寺 ······ (284)

雪夜怜儿 ······ (284)

词

喝火令（五首）

  乙酉秋日故乡聚友 ······ (287)

喝火令·京中贺积慧君诗稿付梓 ······ (290)

江城子·春日午后游松花江寄怀 ······ (291)

浣溪沙·秋日有怀并寄殿坤 ······ (292)

水调歌头·写在毕业三十年同学会前夕 ······ (293)

浣溪沙·中秋夜寄宝山兄 ······ (294)

毕业三十年五首

  江城子二首（步东坡韵） ······ (295)

  鹧鸪天·离愁 ······ (297)

  浪淘沙 ······ (297)

  浪淘沙（依前韵） ······ (298)

眼儿媚·知秋 ······ (299)

卖花声·梦饮 ······ (300)

清平乐·著书 ······ (301)

长相思·深秋寄文兴 ······ (301)

卖花声·书愿

  依《梦饮》韵 ………………………………………………（302）

江南好·松花江四季咏

  春 ……………………………………………………………（303）

  夏 ……………………………………………………………（303）

  秋 ……………………………………………………………（304）

  冬 ……………………………………………………………（304）

浪淘沙·叹流光二首（同韵） ………………………………………（305）

毕业二十年同学会词二十首

  十六字令八首 ………………………………………………（307）

  行香子二首 …………………………………………………（310）

  行香子·追吊姜超君五首 …………………………………（312）

  南歌子 ………………………………………………………（315）

  如梦令·悼姜超 ……………………………………………（315）

  谒金门·悼姜超 ……………………………………………（316）

  长相思·送别（三首） ……………………………………（316）

  浣溪沙 ………………………………………………………（318）

浣溪沙·新春前夕致立燕君 ………………………………………（318）

采桑子四首

  三江屯垦咏 …………………………………………………（319）

  三江巨变咏 …………………………………………………（319）

三江冰雪咏 …………………………………………………… (320)

　　三江情思咏 …………………………………………………… (320)

水调歌头·黄山咏松 ……………………………………………… (321)

行香子·故园四丰游 ……………………………………………… (322)

浣溪沙·思旭峰、玉庆、德文君 ………………………………… (323)

行香子·京都春节有作三首 ……………………………………… (324)

忆江南三首 ………………………………………………………… (327)

人月圆·京华 ……………………………………………………… (328)

浣溪沙·春愁 ……………………………………………………… (329)

行香子·东巡漫记 ………………………………………………… (330)

清平乐·故里春思并和魏律民先生《雷雨》 …………………… (332)

清平乐·松再和 …………………………………………………… (332)

　　附：魏律民先生原词《清平乐·雷雨》 ………………… (333)

巫山一段云·农家作客 …………………………………………… (333)

水调歌头·京中逢彧学 …………………………………………… (334)

长相思二首

　　秋声感赋 ……………………………………………………… (335)

　　诗酒抒怀 ……………………………………………………… (335)

南柯子·秋日忆旧并和魏律民先生《庭柳秋怨》 ……………… (336)

　　附：魏律民先生原词《南柯子·庭柳秋怨》 …………… (337)

浣溪沙·忆旧 ……………………………………………………… (338)

浣溪沙・秋感四首（同韵）……………………………………（339）

　　附：魏律民先生原词《和<浣溪沙・秋感>》……………（341）

江城子・秋日怀远并寄龙江诸友二首………………………（342）

临江仙・初春感旧……………………………………………（344）

南歌子・贺俊敏五十三岁生日………………………………（345）

南乡子・秋日京城寄大江二首（同韵）……………………（346）

南歌子・秋怀二首……………………………………………（348）

巫山一段云・贺俊敏生日……………………………………（349）

南柯子・己丑二月初二生日有感二首………………………（350）

江城子・忆情…………………………………………………（351）

长相思・思君并和魏律民先生《长相思・别情》…………（352）

　　附：魏律民先生原词《长相思・别情》…………………（352）

浣溪沙・故里情思并寄俊峰、云彬君………………………（353）

南乡子・元旦二首（同韵）…………………………………（354）

行香子・步"秋高气爽"《秋》原韵…………………………（356）

　　附：魏律民先生原词《行香子・秋》…………………（357）

行香子・致魏律民先生………………………………………（358）

评论文章

梁松印象………………………………………………………（361）

走近梁松………………………………………………………（365）

律诗

步韵马凯副总理诗二十八首

致马凯副总理

一曲琼章捧读迟,欣逢甘雨入春枝。

鲲鹏振翮九霄上,骐骥不鞭万里驰。

只此旷怀熔丽句,唯君正气铸雄诗。

骚坛幸得擎天柱,霖雨惊天会有时。

致郑欣淼先生

传承国粹勿容迟,万紫千红共一枝。

芳草萋萋经雨润,旌旗猎猎赖风驰。

青襟高矗凌云翼,白叟浩歌动地诗。

小树欣欣生沃壤,尚期万木向荣时。

致郑伯农先生

白头莫叹夕阳迟,喜有寒芽发故枝。

漫步学林鸿笔畅,遨游书海锦帆驰。

管弦并奏阳春曲,天地同吟白雪诗。

无限风光收眼底,讴歌盛世恰逢时。

致周笃文先生

鬓发皤然不觉迟,更将雅韵寄新枝。

吟平唱仄随心想,织锦裁云信笔驰。

满目青山镶作画,一怀碧玉嵌为诗。

三千弟子皆成就,兴会春园桃李时。

致沈鹏先生

春来吟苑总无迟,绿遍南枝绿北枝。

一敞襟怀情荡漾,独倾翰墨意驱驰。

敢教世上斑斓彩,书就人间锦绣诗。

喜看文艺中兴日,定是鹏公慰悦时。

致赵长青先生

每惜京门把袂迟,苍松待展倚云枝。

遥看驿马[1]群峰立,携赏少陵[2]一水驰。

逸兴有时闲弄墨,雅欢无处不牵诗。

放舟何日澄江上,兄弟共斟乡酒时。

【注】

[1] 驿马山,在黑龙江省巴彦县城西六公里处。
[2] 少陵河,在驿马山脚下。

致李文朝先生

家山访旧惜归迟，早有芳蕤绽玉枝。

天壤织歌和奏起，北南交响并音驰。

琼卮酣畅开怀酒，华藻琳琅满目诗。

盛世文坛多胜事，吾侪筑梦正乘时。

辑书自勉二首

一

星夜修编岂敢迟，漫修万叶复千枝。

疲躯但怕年轮转，皓首偏惊岁月驰。

百顷书田欣种玉，九垓文苑苦吟诗。

江山放眼穷天壤，正是花明柳暗时。

二

编缀勿因花甲迟，珠玑满目翠盈枝。

任凭霜发层层染，犹放丹心寸寸驰。

寻遍瀛寰千古句，不丢箧里一行诗。

鸿篇巨制收功日，文化兴邦报国时。

九日致孙彧学先生

登高怯病几延迟，塞菊年年恋故枝。

远水遥山孤怅望，羁心游感两交驰。

宋生苦作悲秋赋，庄舄愁吟去国诗。

醉插茱萸酬旧侣，离情别绪话君时。

致李葆国先生

邻鸡晓唱到来迟，入耳喳喳鹊在枝。

几上数编如玉缀，尘间万事若云驰。

浪吟兴得可吟句，乘兴吟来尽兴诗。

伏案全忘铜漏尽，星光常伴曙光时。

致赵安民先生

留滞榆边酬和迟，惊闻佳咏动高枝。

无涯风月如梭往，有限光阴似箭驰。

千古江声皆入韵，一川枫叶好题诗。

勿嗟羁旅多怀感，会待潇湘载誉时。

致朱彦先生

菊放金秋赏不迟，橙黄绛紫竞千枝。

感君落玉抒怀咏，待我飞毫纵腕驰。

谈笑席间倾绿蚁，风骚会上赋清诗。

石桥游冶今犹忆，且盼丙申把臂时。

致柳成栋先生 （拟春意）

节物频更换未迟，关关啼鸟唱花枝。

已无琼屑翩翩舞，但有霜轮冉冉驰。

万壑松声天上籁，一江春水画中诗。

承唐继宋鸿基立，广厦如林作栋时。

致姜富、于成文先生

谁说北疆秋信迟？东篱菊蕾欲繁枝。

潮头击浪凭君立，笔底行云任我驰。

昨夜梦魂归故里，今朝唱和咏新诗。

江头别袂曾相约，对月中秋共赏时。

致魏律民先生

壮岁相知每恨迟，于今桢干护青枝。

琼文卷帙专心纂，弘艺征程仗胆驰。

遥忆故城悲客枕，漫随高韵醉公诗。

年来若问欢娱事，最是兄吟弟唱时。

致何昌贵先生

岁岁秋风吹不迟，层林尽染五云枝。

满川香稻霜初度，百里寒江浪疾驰。

每见黄花思客棹，更研朱墨入君诗。

一行塞雁苍冥起，征信捎来京国时。

致刘经哲、程力、程永智、张小松、张抒今先生

逢秋归意日迟迟，才见疏桐叶坠枝。

塞上年华随水去，人间光景比星驰。

可消愁处全凭酒，能尽兴时莫若诗。

勿叹十三年运久，思君滋味似当时。

致于俊敏先生

伯仲当年识未迟,书香墨萃郁芳枝。

遣怀敲句放情咏,信手挥毫任兴驰。

鸣玉遗音屈子赋,啸天嗟叹谪仙诗。

白头渐觉穷经艺,万事匆匆要惜时。

致白志军先生

含苞待吐莫嫌迟,化雨东风催嫩枝。

得法钟王因墨醉,开心格律更神驰。

岭头春色门前柳,枕上松花梦里诗。

遥忆故人唯酩酊,穷通得丧一抛时。

致徐福东先生

绕篱几朵怕开迟,不待霜来已压枝。

乍冷商飙经北起,怯寒征雁竞南驰。

明眸可纳春秋景,清抱能收今古诗。

万里晴空蓝若洗,一年好景菊花时。

致王书东先生

半途学律不言迟，剪了今枝裁古枝。
陶令篱边金蕊放，右军池畔紫毫驰。
竹间雅羡七贤兴，醉里骋怀八咏诗。
入眼高天秋气爽，家林最美叶丹时。

岁临花甲自题二首

一

青云迢递步行迟，自叹根疏无茂枝。
风雨六旬人易怠，崎岖千岭路难驰。
曾经小吏惭微禄，每遇新编偏爱诗。
独把遥心倾故水，他年归棹月明时。

二

笑我平生诸事迟，风霜半世染虬枝。
但能朝暮樽罍把，何惜声名江海驰。
不问春花秋月事，只哦松雪岁寒诗。
夕阳晚唱飞舟过，击水中流信有时。

《文库》①收官

文库收官应不迟,花开文苑一枝枝。

莺梭燕剪鹓鸾舞,虎啸龙吟骏马驰。

四海从来多俊彦,九州无处不奇诗。

长河浩浩风帆启,相约天涯共此时。

【注】

①《中华诗词文库》100卷,作者为执行主编。

《存稿》109卷①付梓

鸿篇付梓尚迟迟,只欠东风第一枝。

威武精兵长剑指,豪情墨客壮心驰。

千编托起千秋梦,万众集成万古诗。

直上扶摇鹏正举,泱泱华夏起飞时。

【注】

①《中华诗词存稿》109卷,作者为执行主编。

贺四届诗代会二首

一

莫道京畿高会迟，花开蟹岛喜连枝。

鸟啼春树悠闲唱，马踏东风自在驰。

挽住流光应把酒，收留月色好裁诗。

争妍最是群贤至，亦咏亦觞乘兴时。

（拟春意）

二

如期嘉会未为迟，丹桂香飘果满枝。

词客高情文思涌，骚人雅兴墨争驰。

庄周梦里交新曲，李杜篇中续好诗。

聚首京师秋正好，心声终得放飞时。

（拟秋意）

庚子"二月二"生日有作并寄亲友六十首

一

龙抬头日本生辰，年齿六旬零两春。
驰骥难酬湖海志，学书空废水云身。
长歌犹把刘伶酒，扶病能清朝暮人。
世事纷纭随过眼，素来留取一分真。

二

倏忽光阴岁又迁，缀今辑古屡经年。
已知千帙担肩上，不觉二毛生鬓边。
毕竟荣甘归素志，何曾清苦问苍天。
灯前自得诗书趣，直把功名作笑看。

三

不羡金钱不羡官，一过花甲二经年。
帖临逸少兰亭序，诗记谪仙行路难。
《文库》成编欣且乐，吟毫半纸苦犹甘。
世间穷达君休问，有酒樽中即乐天。

四

人生光景太匆匆，忆往难寻旧影踪。
幽梦思乡迷万水，高怀对酒渺千盅。
苦吟京上悲孤旅，闻籁枕前听远松。
倏忽廿年弹指过，归心无计数飞鸿。

五

数岁飘蓬闲且沽，羁愁破却赖醯壶。
利名世上休图有，丘壑胸中岂可无。
聚散人生常不定，翻腾世事又何殊。
逢春归兴犹思甚，千里音书话旅途。

六

他乡游旅卅年过，尘梦未圆鬓已皤。
只觉今来怡悦少，何堪老去别离多。
未因千首诗为癖，但恐百杯酒作魔。
转眼光阴东逝水，方知人事两蹉跎。

七

秋去春来作客行，花开花落数年更。
不闻鸿雁云间过，惟见清霜鬓角生。
世事眼前多感喟，家山梦后总伤情。
京中久盼逢君日，来把襟怀细细倾。

八

拂煦春风岁已除，宅家数日好摊书。
诗来眼底皆堪赋，墨泼纸间犹可涂。
羁绊客中收且放，逍遥物外有还无。
相逢莫问尘凡事，只管贪杯作酒徒。

九

不闻弦管闹音音，奈寂逃喧独自吟。
笔下诗文衔远梦，杯中桂醑可消魂。
残红万点空过眼，新绿一番又入襟。
壮齿客京今白发，几时归去做闲人。

十

滋久归休入玉京，依依故水总关情。
已将翰墨书千纸，遂辑鸿编惠众生。
往昔吏胥仍似幻，今年病体转堪惊。
客中但得吟哦兴，岁月悠悠伴此行。

十一

六秩才过又两年，流光好似一梭穿。
已须常药医衰病，不惜万钱修古编。
欢意易从杯里减，老身难向镜中看。
行吟数载休言苦，梦里江声唤客船。

十二

东风悄入客心惊，又向征期计一程。
烟景春来随梦减，情怀别后有愁增。
浮云百变随时态，流水千年入海行。
唯有松花江上月，清光依旧挂边城。

十三

老来不在少时豪，偶自孤斟气尚高。
心寄乡关情几许，客居京国梦迢遥。
相逢时日多期盼，季节叠更频换交。
冉冉旧游成过往，流光易去莫轻抛。

十四

过了六旬百虑慵，旧耆笑我尚心童。
籍成夙夜光阴里，客老京燕岁月中。
数载牵忙亏翰墨，连年乐事恋诗筒。
春风又过文华苑，好共骚人唱大同。

十五

长忆松花别渡头，拜辞乡梓寓通州。
相交江海嵌崎客，来作京华汗漫游。
一饮衔杯真有意，千编堆架但无求。
且看万事从花眼，莫累身心白了头。

十六

故园北望隔重峦，零落客怀事事艰。

云断江关心易碎，星残烟渚梦难圆。

交游胥吏留时岁，诗酒松花忆盛年。

世态纷纷休讨论，天涯回首路漫漫。

十七

三友①赓酬未敢迟，每逢龙日赋新诗。

耽吟笑我成清癖，炼句输君出秀奇。

枕上睡稀更可数，灯前寒苦月当知。

京门北望三千里，牵我乡心寄我思。

【注】

① 三友，即作者与魏律民、于俊敏。

十八

客舍京关多病身，已经六十二年春。

悠悠梦里家林远，切切愁中岁月深。

万事人间过与往，一编案上古于今。

此时只恨无陶谢，溢罅香醪独自斟。

十 九

吾乃人称一醉仙，捧杯时候即陶然。
诗怀不比青山秀，酒户且如春水宽。
名利百年抛物外，云川万里注眸前。
此身久有江湖兴，何畏今来雪满颠。

二 十

羁肠病骨一杯浇，满眼关山雁阵遥。
止水素心长淡淡，乱蓬霜鬓任萧萧。
定知感旧胸怀热，莫遣乡愁魂梦劳。
俦侣年来稀见少，桑榆暮景倍凄寥。

二 一

星移斗转似抛梭，六十余年转瞬过。
未丧斯文微且显，犹存吾道啸而歌。
客途久厌归当好，云路无求老奈何。
四十九年如梦里，岁华人事半消磨。

二二

轮回日月四时交，久别乡音梦枉劳。

北国白云堪纵目，京华玉魄正当宵。

空留湖海多时迹，犹忆龙江隔岁桡。

送去春花送去雁，一年光景付迢迢。

二三

书灯案影伴宵残，点我胸中万卷宽。

得句更深多趁月，行吟岁久不知年。

近来渐入琴厄趣，从此脱离世俗缠。

散帙集成今古韵，一杯斟在落花前。

二四

我本平常乡曲人，不多学识不多闻。

青编自许倾肝胆，香梦何曾到枕衾。

世事回头空过往，人生转眼即烟云。

千年自有诗书在，何必谈论贵与贫。

二五

何事心头挂塞边，乡愁常与梦相连。

潺潺毫端书故水，迢遥枕上忆乡关。

六十光阴余几岁，一番花信又经年。

欲归三径迟无计，临眺家山独怆然。

二六

京畿向晚尚春凉，点点征鸿朔北翔。

来往年光何速速，纷繁事物一桩桩。

志心应比他时减，酒户全无壮岁强。

松水波涛千百里，江流不及客愁长。

二七

淹滞京中十八春，每从梦里叹离群。

经时旅思常伤旧，今岁物华重换新。

缀出萃编聊解渴，敲来好句比宽斟。

一杯浊酒酾桑梓，寸寸丹心向故林。

二八

东风一夜入幽燕,残雪还余料峭寒。
又见雁鸿归远塞,久陪书卷度流年。
欲将别集层层厚,来把离愁慢慢删。
春去春来春会老,指中岁月勿轻弹。

二九

因循客里又经春,扶病尝能夜坐吟。
体状物情多着意,推敲句眼自留心。
已随诗思东风去,不畏衣衾晓漏侵。
冉冉此头多白尽,骎骎六十二年身。

三十

荏苒光阴逝若流,今过耳顺两年头。
夙宵纂集非名利,梓里相思是故俦。
岁月差池亏宿志,江湖憔悴复衣裘。
幽怀别后渺何许,赖有浊醪消客愁。

三一

小住京师十数年,依然心系旧江川。

红香百里花堤岸,绿荫千年柳树滩。

每爱闲时携伴咏,何妨醉处对鸥眠。

松花一水牵归梦,欲借春风引棹还。

三二

役役吟场数十春,已知白发渐侵寻。

萍踪身世奔波远,苦乐人生感慨深。

虽近晚年耽爱酒,但因多病更思亲,

一樽且盼重逢日,来话远游离别心。

三三

迢迢长路困羁情,缠挽身心倦惮行。

乌鹊枝头栖不定,关山梦里愿难成。

但求晚境无忧患,何苦劳生去钓名。

多少年华流水去,只把阑干空自凭。

三四

碌碌京中寄此身，东风又拂一年春。

芸窗窈窕添清致，景物风流伴雅吟。

有用诗书供鉴赏，无颇文字付儿孙。

扁舟明日还乡路，江月依然是故人。

三五

羁路那知何许长，苏城本自是吾乡。

田园桑梓多堪忆，烟火柴门久未忘。

畴昔离家三十小，而今已过六旬强。

遭逢佳节思亲切，每泡沾襟泪两行。

三六

星霜染鬓雪毰毸，仿佛流光瞬息间。

渐老年华随岁远，少谙世事转头难。

眼花耳聩衰无奈，墨癖诗心减弗堪。

惟有醇醪知我意，三巡一过兴犹酣。

三七

人生能卷亦能舒，世事谁能任所如。

空阔九霄鸿鹄翼，驰驱千里骏驹途。

细斟杯里除非酒，堆满床头只是书。

前往悠悠真莫较。回头万念或虚无。

三八

揽镜已知双鬓斑，壮怀亦不比从前。

裁诗尽日难成锦，匹马多年未驻鞍。

残梦五更鸡唱后，归心千里雁声前。

京城岂谓无余恋，自叹孤踪离别难。

三九

任愿耽书累此身，星光伴我夜沉沉。

灯随一寸乡愁短，月逐三更客梦深。

头上不消惟白发，世间难了是尘根。

幽栖为问行吟地，春色几分入我心。

四十

连年诗酒伴离歌,游旅生涯怎奈何。
墨色已调书最好,医方求遍病知多。
乡关客梦心憔悴,时节好花雨折磨。
穷达从来皆有命,不如一饮醉颜酡。

四一

离忧缠绕正难排,恰有春风顿扫开。
蝶梦勿随庄叟去,吟场久待谪仙来。
疏花细柳宜含雨,浊酒新诗可寄怀。
客里当怜相识少,故人不见亦堪哀。

四二

作客时光何日休,春风又上柳梢头。
图书丛里年华过,翰墨毫端岁月留。
聚散浮生鸿有迹,功名过眼我无求。
他年万卷修成日,再饮松花拜故丘。

四三

渐觉年来力不从,才抛竹马即成翁。

莺花点点三春老,诗兴悠悠一梦中。

浮泛陈踪追日月,消磨往事付西东。

兴衰眼底谁能管,长乐还须置酒盅。

四四

光景悠悠春复春,难平最是倦游心。

知交四十余年别,魂梦三千多里分。

病里无聊悲白发,愁来有赖倒青樽。

怀乡一曲谁能和,人在京中盼鹊音。

四五

任凭前路渺无边,来缀珠玑播砚田。

耿耿孤怀惟守志,纷纷万事只随缘,

他时朋旧常萦梦,今日尘凡又换年。

岁不相饶人易老,梦回桑梓水犹甘。

四六

归念家园理棹迟,连年羁滞鬓先丝。
浪行孤影三千里,草就新编几百诗。
客里光阴犹自惜,酒中意气尽人知。
乡间况是多佳酿,会待深斟对饮时。

四七

人生本自在征途,莫问青天说有无。
几席生风时觅句,轩窗月满夜翻书。
奔忙数载劳魂梦,甘苦半生蜗寓庐。
世事回头皆一幻,烟波江上羡樵苏。

四八

自古离家行路难,人生何处有桃源。
性情云鹤闲当好,逸趣山林兴自酣。
春色几分梅信后,归心一寸子鹃前。
流年又向愁边去,老却书生独慨然。

四 九

日月穿梭似竞驰，连年栖旅动乡思。
图书满榻春眠处，风雨一灯夜读时。
不定半生如浪梗，无为诸事只吟诗。
穷忙京里无休憩，飞雪悄然侵鬓丝。

五 十

百岁人生六十多，三分光景二分过。
镜中白发谙人事，笔下新诗入旅歌。
浪迹数年随蔓草，风萍万里废奔波。
江湖应笑垂竿叟，留滞他乡负一蓑。

五 一

春风柳苑记曾攀，弹指行经廿载间。
花气莺声寻旧雅，吟场酒榼少前欢。
已更岁月新时节，来续乡关旧日缘。
聚合人生非易得，重逢一笑足欣然。

五 二

六十二年岁月稠，光阴难挽去悠悠。
诗田一寸当须得，华屋万间从不求。
三尺尚能含剑气，千杯难以遣乡愁。
山川踏遍仍为客，尚有吟魂伴胜游。

五 三

春风又绿运河源，细数离家卅九年。
故水别来音杳渺，京华老去病牵缠。
盈亏万事云过眼，蹭蹬半生雪满颠。
疑似江天归钓叟，闲愁那得到鱼竿。

五 四

夜编辛苦自难捱，新句搜来闷扫开。
削稿守灯情志在，援毫携酒畅心来。
功名今古归时彦，风月山林可壮怀。
囊里有诗樽有酒，行吟何必问兴衰。

五五

晚来万事不关心，暂借京畿憩此身。

久许诗书朝暮伴，遂将杯酒浅深斟。

催人节序谁能避，随分生涯自莫嗔。

作客情怀常落落，苦吟京上怅离群。

五六

南北穿行无底忙，骎骎旅迹伴诗行。

久游江海期归棹，杳隔烟波望故乡。

北岭云横迷客眼，西风尘满浼征裳。

可知万叠龙江水，早入沉酣一梦长。

五七

扶老常吟感遇诗，归休几欲觅桃溪。

穿花雅称寻吟士，和月更宜泛酒卮。

挥墨去观如意处，检编直到忘情时。

他年裁就乡愁赋，虽过六旬未觉迟。

五八

身在京门思故园，故园长把梦魂牵。

清宵枕上悲羁旅，白发砚边磨岁年。

人落穷途须信命，才逢盛世不尤天。

离怀此刻言无尽，万事随缘心自宽。

五九

漫浪江湖足胜游，思亲常在月华秋。

峰峦入眼生吟骨，潋滟当杯解宿忧。

远道关心惟父老，他乡乐志赖朋俦。

羁怀怊怅真如梦，桑梓归来雪满头。

六十

京中甘苦不一陈，只从客里说尘襟。

壮年斗酒驰南北，迟暮修编辑古今。

十数载间疲远梦，三千里外系归心。

何时一掬家乡水，细说离怀与所亲。

庚子二月初一至二十八吕梁松作于北京云景里梦龙斋

七律·客京随感二百咏

一

蓬鬓萧萧不计年，检编长伴月西悬。

窗前幽草悄然绿，枝上新葩如许妍。

千里溪山供醉墨，五湖烟浪听清弦。

吾今花甲谁言老，始信古稀别有天。

二

回首何尝甘与辛，于今信步踏京尘。

安身莫做庄周梦，与世常怀雨露恩。

每为诗成寻雅澹，更因酒尽觅幽欣。

当年豪迈应犹在，何惧满头白发侵。

三

沧桑身世等浮沤，其奈吾曹志未休。

闲处漫吟诗一首，乐时浪饮酒三瓯。

壮心若骥驰千里，豪气如虹乐九州。

青史声名何足虑，著书权为子孙留。

四

奔奔碌碌不辞劳,江海生涯气尚豪。
手上文编殊可喜,病中情绪自无聊。
只言帝阙千般好,却隔乡关万里遥。
何处杂繁俱放去,裁诗载酒乐陶陶。

五

五十九年半异乡,萧萧蓬鬓暗飞霜。
身经湖海心犹壮,情度乡关梦亦香。
夜月检编星闪烁,春风归棹水苍茫。
阑干倚处无穷思,一任吟杯洗客裳。

六

一年难得一番春,身在皇都念小村。
怀旧笔端诗易感,思归梦里睡难深。
已甘身向京中老,何惜名留故里馨。
往事悠悠增感慨,两行清泪已沾襟。

七

身行南北百千山，回首尘凡万事艰。
云雨半生吟鬓老，江湖数载客身单。
炎凉世态知音少，零落朋俦会面难。
柳岸明朝驰马去，松花索酒一开颜。

八

斗转星移十五春，运漕古渡驻征轮。
数编辑月揣今古，万念宜民佑子孙。
闲逸半生云淡定，清疏两鬓雪精神。
君来若问寻常事，斗酒飞毫独一欣。

九

家山北望又经秋，征雁声声起暮愁。
空老客心悲旅泊，不疲诗意壮羁游。
人生成败天难管，世上功名水易流。
万卷书香真一快，此身岂为稻粱谋。

十

编修清苦勿嫌贫，笔砚诗书伴此身。
翰墨文章当务好，功名富贵莫求真。
自言杯盏无人敌，谁识舟车为客奔。
岁月匆匆来又去，二毛如雪已纷纷。

十一

半世羁游信马缰，光阴迅驶感沧桑。
朋侪别后难重会，鸿雁伤时易掇行。
阅尽山川人渐老，饱尝辛苦发初苍。
浮生过眼烟云去，何不金樽卧夕阳。

十二

半生怡乐且无烦，常掷编酬做酒钱。
骨相崚嶒身尚健，襟怀磊魄鬓微斑。
难留笔法千年秀，易得诗书万顷田。
欲作松花江上梦，不知桂月几时圆。

十 三

灯前夙夜理陈编，回首倏然十五年。
吟思清新梅竹处，生涯雅淡画图间。
几丝鬓角无辜雪，万念心中不负天。
难管荣枯兴废事，忙中笑看白云闲。

十 四

京国春来忆壮游，漂萍身世五湖舟。
云横塞北惊残梦，月上京畿忆故邱。
别后堪怜人远去，途中应叹客多忧。
东还临眺松原上，黑水白山绕绿畴。

十 五

此生兴味乐编修，富贵功名莫浪求。
梦里翻书寻古句，醉边拔墨扫穷愁。
寒山万点崎岖路，冷水一江浩荡流。
最是光阴留不住，乾坤岁月去悠悠。

十六

他乡活计几时休,每忆良俦涕不收。
往事悠悠风后絮,浮生杳杳水中沤。
琼章谩赋酬羁思,玉液频斟破旅愁。
春尽花残何足惜,好谋故水送扁舟。

十七

白头不染利名心,四海为家浪荡身。
月色一天撩旅意,蛩声四壁恼羁人。
堪怜长夜书为伴,更怕清寒酒未斟。
倚遍阑干天欲晚,长宵犹恐梦来寻。

十八

别乡三十六春秋,足迹于今遍九州。
旧里难归诗是伴,时光易逝墨能留。
世间成败寻常事,江上风波来去舟。
且立潮头歌一曲,敞开襟抱上层楼。

十 九

少壮离家走四方，暂凭书卷辑时光。

江湖作客离群远，乡国牵魂入梦长。

已向诗中平郁闷，更从笔底放颠狂。

三千里外难归去，不尽乡愁不尽伤。

二 十

不知何日得归之，一任匆匆岁月驰。

已感西风吹客袂，旋惊寒魄透霜枝。

难张青岁云中翼，只剩红尘橐里诗。

晓梦残更长枕叹，松花归棹且迟迟。

二 一

胥吏曾经与愿讹，时光不老易蹉跎。

自怜病里欢娱少，犹惜花时风雨多。

梦过乡关心破碎，愁来京邑酒消磨。

何当江上理兰楫，再踏白山黑水歌。

二二

光阴迅疾又更新,时序已开丁酉春。

沧海别来孤棹月,青山归去半天云。

鬓丝堪叹久为客,帝里犹怜再送君。

世事唯求心境顺,花前烂漫醉青樽。

二三

半生羁滞太匆匆,东复西来西复东。

十五光阴乡梦里,三千丈发客愁中。

殊知睡少因诗祟,旋觉忧多欠酒功。

架上集成书百帙,吾曹岂可叹途穷。

二四

世事难于昨日同,征程迢递客囊空。

诗心还在微吟里,豪气应留半醉中。

遥共一天明月夜,相望两地白头翁。

欲成佳韵酬知己,无奈才疏句未工。

二五

客在京畿古渡村，望穷故郡白云深。
水连荒渚诗愁度，云断斜阳别袂分。
黄叶秋风惊旅梦，青灯寒魄碎羁心。
任凭岁月频来去，秃笔一枝写素襟。

二六

啼鹃声里送春阑，旅梦频惊岁月添。
迢递关山乡国远，苍茫湖海客衣寒。
归心一匊三江外，愁思十分层岭前。
系马亭边随所适，何妨有酒一樽欢。

二七

凡间岁月转无穷，来去匆匆比梦同。
客思乡情鸿羽外，晴光春色鹊声中。
自怜夜永尘编苦，最喜樽开海量同。
莫向朋侪悲白发，人生几度夕阳红。

二八

公退当初入蓟城,一篙独把小舟撑。

数年基业尘中镜,万卷诗书月下灯。

旷野最宜开绮思,他乡犹觉动离情。

何当对酒歌欢夜,莫论古今与废兴。

二九

笑我平生积善多,客中无力战愁魔。

飘萍踪迹因循去,散淡光阴旦暮过。

羁思长忧前路远,归心犹喜故知多。

还家须趁春光好,花满枝头绿满坡。

三十

芳草连天忆旧游,归帆千里橹声柔。

愁边白发添还密,忙里青春逝若流。

笔染奇芬花里写,衣摇清韵竹边留。

知交自有携壶侣,吟得诗成酒未休。

三一

自别松原黍稷畴,故园三十六年头。

江天万里怜孤客,烟水五湖羡暮鸥。

襟抱开时欣一醉,墨花绽处慰双眸。

春来又起思乡梦,新句敲来答故俦。

三二

小吏超前廿载休,当年系马入通州。

星霜京邑千秋业,漂泊江湖一叶舟。

花里寻春添客怨,灯前万卷在人谋。

集成今古存高韵,百尺竿头更上楼。

三三

连年客旅叹飘零,霜雪悄然生几茎。

桃李春风频入梦,乡关夜月总牵情。

传家诗礼真无愧,行迹江湖浪得名。

一叶小舟摇故水,田园尚可乐余生。

三四

东风千里一凭栏，辽阔松原入望宽。
草色连天春吐翠，梅花半树月生烟。
吟情足矣清如水，壮志巍然屹若山。
薄醉不由江色晚，银蟾已去挂中天。

三五

遥对家山一怆情，悠悠往事忆曾经。
关东才到逢鸿去，江上重来见浪平。
佳酝自斟和月饮，好诗谁寄比风清。
相思地隔湖山远，怎奈长宵梦不成。

三六

飞飞柳絮又春深，叹我世途来往人。
白发千茎难再少，珠玑万卷可长存。
樽前豪气谪仙醉，笔下功夫逸少真。
灯火五更难释卷，行行组纂是瑶琨。

三七

暮色苍茫独倚楼，离忧别恨几时休。

半林黄叶霜侵晚，一曲清笳雁叫秋。

碧水盈溪怀旅意，红尘九陌倦羁游。

纵然君有生花笔，难写人间作客愁。

三八

树头花落又残春，聚少离多犹忆君。

南北自怜身不定，云山相隔梦难寻。

客衣单薄惊秋雨，旅枕更寒响夜砧。

留住京华十数载，叹我空尽半生心。

三九

何地端能脱俗凡，家山家水梦魂间。

囊中诗就一千首，案上灯明十五年。

雨气风声添客怨，时情世故使人寒。

驰驱虽倦心犹在，且盼飞鸿寄彩笺。

四十

久泊京畿古渡头,松花佳赏盼重游。
数声杜宇春空老,十里晴烟柳色柔。
萍迹曾经悲逝水,花时每至盼归舟。
瞬间十五年光去,思往平添几缕愁。

四一

家林惜别入京关,休吏生涯二十年。
美酒时呼朋辈饮,好诗不与俗人谈。
只因待月长开牖,更为留风去倚栏。
雨钓烟耕真一趣,高眠长枕白云闲。

四二

时年壮岁出榆关,脚掌磨平路万千。
饱览青山开眼界,静观白雪到梅边。
夜阑秉烛真如梦,故里逢君且尽欢。
凡事纷纷皆是幻,崎岖路尽看平川。

四三

春来屡屡梦家山，岭峻途遥道路难。
风露一帆天色晚，蒹葭十月雁声寒。
眼前应恨朋俦少，塞上可知松水宽。
莫问年来甘与苦，回思不觉泪汍澜。

四四

自从公退别家乡，来寄京师十五霜。
白发千茎惊岁老，青灯几度恋宵长。
酒杯重把宽余兴，诗卷屡翻出妙香。
最喜松花风物好，梦魂常绕水云旁。

四五

天寒衾冷旅人愁，繁事纷如水面沤。
百岁人生逾大半，万般世故更何求。
不禁病里三杯酒，虚过客中几度秋。
来向灯前寻妙句，苦无佳韵寄良俦。

四六

年来长挂故园心，况复因循又历春。
物外红尘添别恨，壶中清月照离人。
诗书当下难惊世，文字如今岂润身。
旅寓京门时感旧，每于梦里唤知音。

四七

暮春心事落花同，湖海半生雨打蓬。
每邀明月樽罍里，旋挽清风襟袖中。
未许高情愁可去，惟应归意梦能通。
一杯邂逅归途远，从此音书托塞鸿。

四八

一夜轻霜落旧林，云烟苍莽结层阴。
秋风桐叶孤衾梦，寒塌书灯故国心。
客路时光怜白发，京华岁月叹红尘。
已知老去无他嗜，何不吟边觅一欣。

四九

漂萍踪迹道途难，纵满离觞不尽欢。

沧海岁穷波浪急，清斋天冷枕衾寒。

已添别后十年老，难借客中一日闲。

零落故人今几在，遥迢残梦亦凄然。

五十

十三年里客京关，星夜几前理旧编。

万卷诗书存史册，半生游旅任颠连。

老来难改天真性，忙里常偷自在闲。

若问此身耽甚物，只将杯酒醉余欢。

五一

日月轮回秋复春，他乡常记小山村。

鸿来雁去多年客，月落霞生晚岁人。

名利无争心淡泊，诗书有益足清芬。

老来旧事多曾忆，归梦常萦松水滨。

五 二

春风拂煦扫余寒，别后匆匆又隔年。

江海不期欣邂逅，山林未许眷留连。

应知诗思老来涩，更觉酒肠醉处宽。

况复吾曹身在客，乡心归梦总纠缠。

五 三

自古男儿志四方，羁游怜我岁时长。

三千里路居他所，四十年光客别乡。

旅枕连宵听夜雨，归舟何日下秋江。

世事吾心无惧累，相逢还喜共壶觞。

五 四

频添旅思鬓霜侵，花落池塘春又深。

易老风烟南北客，难留岁月别离人。

岂能万事长如意，安得一生尽称心。

策马明朝何处所，斜阳柳岸觅乡音。

五五

劳碌半生未息肩,诗书难就更何堪。

逢春当惜风光好,作客还嗟世事艰。

把卷常嫌行距密,开怀一饮数杯干。

连年渐觉家山远,怅望松花独慨然。

五六

江海多年未落帆,每逢胜赏倍欣欢。

来邀月色惟沽酒,去引春风好看山。

喜有高情歌白雪,愧无佳韵问青天。

灯火五更诗百帙,一随寒暑老京关。

五七

游旅时时易感伤,倚栏漠漠眺龙江。

风光到眼皆堪赋,乡里牵怀独未忘。

案上濡毫头戴雪,灯前抚卷掌生香。

人生穷达君休问,且饮醇醪共日长。

五 八

本似孤帆破浪行，如今鬓发已星星。
北回征雁牵乡思，东去长江阅世情。
虽愧长吟无妙句，但欣对酒有佳朋。
春来撩我还家意，况复声声杜宇鸣。

五 九

轻霜染柳又逢秋，冉冉年光鬓里流。
放眼江山吟客醉，侵衣风雨旅人忧。
未能陈迹忘乡邑，久盼归舟舣渡头。
地迥天空孤寂夜，苦无旧侣说离愁。

六 十

过往云烟奈我何，人生豪迈且高歌。
茫茫歧路横层岭，滚滚兴亡问逝波。
诗酒忘形佳会少，云烟入眼故知多。
几经聚散成追忆，聊寄松花可一蓑。

六 一

羁旅多年感慨生，松花别后忆曾经。

已尝甘苦酸辛味，尽见亲疏冷落情。

风景老逢知有几，流年暗数更堪惊。

还期晚岁归乡梓，斟满香醪共一倾。

六 二

难得静中半日闲，奔奔碌碌苦还甘。

自来已是多年后，事往犹如一梦间。

饮尽穷途千斛酒，难忘故园卅流年。

更知投老归情重，夜夜梦魂绕故山。

六 三

自闯京关十五年，一龙堪惜别诸贤。

来邀乡月供吟笔，去棹家山载酒船。

白首书林搜古句，青灯星夜理新编。

相思千里空相忆，幽梦何时到故园。

六 四

卅年扰扰步红尘,何日田园乐此身。
节物空惊人渐老,芳菲更喜景逢春。
不消风月钱难买,得用诗书足可亲。
坐阅流光临六秩,一生乐事在家林。

六 五

无须仔细话行藏,六十年来梦一场。
江上归舟牵旅思,风中落叶转秋凉。
头边白发任由长,篱畔黄花着意芳。
感时长忆从前事,身在京都眷故乡。

六 六

羁途每每费行吟,节物来时忆旧昆。
云散水流常感旧,莺啼花放又逢春。
应无乡信随鸿到,惟有客愁伴月斟。
会向家山归亦好,一同父老话浮沉。

六七

灯前书卷比知交，终日修编手自抄。

每叹夕阳人易老，偏怜秋色雁归遥。

等闲浮世凋霜发，何处开怀饮浊醪。

若理千年兴废事，溪边江上问渔樵。

六八

蹉跎晚节事无成，额上纹生刻旅程。

载酒五湖斟客意，成诗千首写乡情。

镜中白发生双鬓，案上青灯熟几更。

对景孤怀成一叹，潸然不觉泪蒙蒙。

六九

已忘分袂几何年，每到春回念往还。

京邑由来知己少，人生况是问心难。

光阴半世飘萍里，勋业他乡幻梦间。

日日思归无可奈，更登高处望家山。

七 十

辞行水岸别东冈,从此与君天一方。
来往江帆时岁远,艰难世路客愁长。
流年无奈如飞毂,佳节有逢且举觞。
幸得吾今身尚健,犹能竟日醉三场。

七 一

才过炎暑又秋深,白发青灯厌苦霖。
杯酒强宽愁里趣,药箱难理病中身。
自怜入景佳篇少,还喜论交旧雨亲。
独倚栏干悲日暮,断鸿声里泣离群。

七 二

初至京门纸一张,画图难就费思量。
飘摇斗室听寒雨,昏晓多年信曙光。
自觉闲边诗最好,谁知客里日偏长。
经过种种般般事,肩上千钧足可扛。

七 三

一叹镜中我自羞，京门无奈久淹留。

山川细数周游遍，风月苦吟趣味投。

古渡今宵重把酒，松花明日泊归舟。

此情此景真堪记，百帙书成兴未休。

七 四

独熬夜午壁间灯，书海茫茫任我行。

沙上白鸥南北梦，阶前黄叶别离情。

听琴竹下常怀旧，置酒花边犹忆朋。

欲把诗华酬故国，好教魂梦入乡清。

七 五

漫漫征途不计程，一从帆启踏歌行。

向来世路多艰险，何必人生重利名。

杯酒当须呼友饮，诗田亟待挑灯耕。

任凭岁月霜毛染，只把小舟用力撑。

七六

不图功利不求名，名利交争我不曾。

尽泛花香来酒盏，且将山色入书楹。

长毫挥去多经意，妙句敲来可寄情。

勿使红尘烦事扰，只修平仄乐余生。

七七

京中嗟叹白头翁，壮志冲天力未能。

徒有胜游骚客咏，难凭绝景妙毫生。

已惊别久形骸老，犹觉归来魂梦清。

重入乡关当可喜，共君一快酒壶倾。

七八

老来犹觉事无轻，苦坐寒更写短檠。

笔底烟云输逸少，席间升斗胜刘伶。

满池花草添幽兴，一榻诗书寄此生。

烦杂世情浑不管，缀编还趁晚霞明。

七九

回头一别又经秋,帝里连年忆旧游。

无复烟尘音讯没,已将苦累道途留。

京畿诗就吟乡曲,篱落花开动客愁。

雨笠烟蓑吾渐老,任由岁月去悠悠。

八十

与君自幼活泥巴,弱冠时分天一涯。

滚滚风尘惊世路,孜孜文字老年华。

泪多往事添江水,座少来朋劝酒茶。

逸兴诗情湖海去,宜将归梦卧松花。

八一

渺渺烟波独挂帆,不知何处是江干。

兴亡千古谁人管,明灭孤灯影自怜。

显赫声名非是福,悠长滋味莫过闲。

熟知杯里有真味,来向醉乡求一酣。

八二

一任秋霜鬓角催,案边星夜辑琼瑰。

多年客路流光染,万里春风放棹飞。

前圃花开谁共赏,高楼月满我思归。

山林虽自存幽兴,闲处当斟白玉杯。

八三

笔耕吟弄夜三更,不觉骎骎岁月增。

佳句频敲宜遣兴,离人偶遇俱伤情。

不嫌乡信无鸿雁,但喜朋俦有俊英。

载酒何时东极去,来追故事话平生。

八四

恬淡幽怀无所求,连年心事付东流。

畅吟故里君同我,结集书斋春复秋。

北渚霜来雁别塞,前窗月上客生愁。

几时描得鸿图就,手把松醪一醉休。

八五

有苦有甘亦有辛，匆匆已至六旬身。

欲归桑梓无三径，尽赏芳菲又一春。

高韵每由佳境写，宽怀长向故人斟。

月明正尔撩乡思，幸得君来好句新。

八六

流水无情逐逝川，故乡遥隔路三千。

相思满眼春容淡，难寄尺书客境寒。

自惜衰颓真老矣，还愁离索更凄然。

最欣旧友传佳咏，唱和连年得所欢。

八七

阳和又见一番新，帝里风光足可吟。

景物四时重叠画，功名千古一平心。

余殃但得随年去，好事犹图尽日临。

多谢故人相忆久，来传佳韵伴孤斟。

八八

四月京门花正红，柳丝袅娜拂春风。
已怜触景人将老，还愧题诗我未工。
远到新鸿传有信，近抄旧作快何穷。
不妨把酒时斟月，万事人间乐处同。

八九

时光一去杳难寻，来去一春复一春。
不到六旬还几日，欲添半岁且惊心。
正惭寄远无佳韵，忽喜开缄得妙吟。
何处仙方能止老，重回笔下写童真。

九十

今古诗坛汇大川，只身书海任波澜。
吟场已作千年计，绩业当攀百尺竿。
老去羞惭同旧俗，自来怡悦得新编。
泱泱万卷皆收尽，何不倾樽取次欢。

九 一

壮岁匆匆别大荒，京中甘苦味俱尝。
最宜世事心如水，休叹流年鬓染霜。
高处且来宽远目，愁端莫使碎柔肠。
明朝再泊松津渡，岸上与君醉一觞。

九 二

何时东极再论文，久别松花迹已陈。
客袂寒侵逢暮雨，柳条翠拂觉阳春。
寸心难得清如水，双鬓放教白似银。
故旧飘零同伴少，梦魂一榻在乡闉。

九 三

龙江佳句夜来传，春雨秋风隔岁年。
微禄尚余沽酒费，老年犹是寄诗编。
白云当惜望瞻远，沧海独怜归去难。
莫负他时乡里约，扁舟明月下江干。

九 四

东风拂柳又闻莺,岁月频频更复更。
春为芳华皆有意,酒因衰老已无情。
久思商海抽身去,好棹归舟破浪行。
正是花时求一醉,举杯来向故人倾。

九 五

萃编常坐短檠前,今古集成百世传。
怀抱平生鸿羽外,图书终日字行间。
诗因客怨吟三百,酒为乡愁饮十千。
时把思君遥句寄,天边犹盼彩笺还。

九 六

江城一别又经年,日月穿梭感逝川。
梧叶秋风怀故友,兰芽春雨忆家山。
高情物外与谁共,好句人间可自传。
寄意平生江海上,吟哦每每向松原。

九七

数年劳顿不寻常，意欲东归勒马缰。
脱去风波无苦累，闲来日月有壶觞。
罕闻时事心当静，不见故人愁更长。
晚景留连殊不适，黄昏无奈立斜阳。

九八

京邑难擎半片天，任凭汗水洗征衫。
才谋仁者当称道，名利吾曹久不沾。
往事回头皆委梦，此身何计可抽闲。
渐喜归程乡邑近，好与儿孙共一欢。

九九

人生三万六千日，尘世难寻却老方。
莫叹年华东逝水，皆添鬓发近来霜。
故园归去计谋定，诗酒闲中气味长。
披阅流光临耳顺，书山墨海乐徜徉。

一〇〇

秋暮愁来不自聊,尚有吟怀待酒浇。
尽日西风欺客袂,连年黑发染霜毛。
乡关音讯凭鸿递,路径崎岖隔岭遥。
明日小舟何处去,五湖烟浪正滔滔。

一〇一

异地索居俦侣单,乡关千里隔云烟。
鬓添白雪人空老,身在红尘世态谙。
事往追寻皆似梦,平生信仰不求仙。
何时再赋田园乐,一棹江湖范蠡船。

一〇二

柳丝袅娜拂春风,松水迢遥一梦空。
回首乡关烟雨隔,几时樽酒笑颜同。
道途荏苒驰轮下,身世萧寥忆客中。
牢落此心偏易感,扬舲何日到江东。

一〇三

帝里花开又一春,无边胜赏醉骚人。

牵怀佳景吟哦尽,到手芳杯举送频。

每借乘云居高势,难移傲雪岁寒心。

会须有志当腾踏,休羡荣华累此身。

一〇四

归驭骎骎向柳津,东风渲染物华新,

池塘几处初和暖,桃李一时又占春。

自可花开供客赏,何妨酒熟为君斟。

重逢犹喜倾怀抱,来把诗文仔细论。

一〇五

千里思乡叹旅愁,身难由己托皇州。

山川迢递嗟君远,兄弟离分恨我游。

已省少时因俸累,才知老去为康忧。

湖山勿恋当归去,江上烟波一棹收。

一〇六

朱颜青发别柴桑，展转京师道路长。

好景因嗟过异郡，归心却惜滞他乡。

蒿藜自可同风露，松柏终能耐雪霜。

一笑天涯非易得，骊歌萧管送离觞。

一〇七

公退江城入帝城，他乡身世叹伶丁。

光阴物外一飞隼，踪迹天涯两转蓬。

不见十年头俱白，相看诸友眼皆青。

田园归去莫嗔晚，乘兴小舟趁月明。

一〇八

功名自古说艰辛，终欲强求苦累身。

得意新编虽问世，多情白发更惊心。

江湖舟渡归乡梦，岁月年轮爬皱纹。

独倚栏干难自遣，迟留已至夜十分。

一〇九

欲穷远目上层楼，一览清江浩荡流。

日月轮回人自老，年华流逝客多愁。

已知今岁归途渺，长忆他时去国谋。

早晚《集成》驰捷报，与君同醉柳边洲。

一一〇

终日裁编叹积劳，字行还喜似知交。

忙中岁月忘身世，梦里家山忆草茅。

回首旧俦情自好，连篇新句韵何高。

明朝系马垂杨岸，定得从君饮一瓢。

一一一

竟岁昏昏一醉翁，纷纷过往梦魂中。

故人邂逅欢娱甚，自此低回笑语同。

世事当惊时衍变，忧愁全赖酒沟通。

思乡情绪与归念，每逐江流日夜东。

一一八

劳生一梦卅年前，当喜蒿藜出故山。

疲累漫催衰鬓老，奔波但觉顺心难。

不随世事管弦乐，只缀珠玑今古编。

已约春风来共赏，携诗载酒醉乡关。

一一九

佳节来时念故园，多年羁旅倦颠连。

松花烟浪供吟笔，帝里壶浆入醉颜。

涉尽疲躯千嶂险，望穷远目九重天。

欲寻游旧清欢意，还叹平生少得闲。

一二〇

故水一江系我心，壮年时候影形分。

客途零落相逢此，乡里迟留邂逅君。

入眼湖山风物好，论心亲旧性情真。

归来还喜斟佳醑，把臂今宵万绪纷。

一二一

昏昏缺月挂前窗,明灭孤灯照客床。

旋觉病身风露早,殊知归梦水云长。

全无尘世非凡想,且待诗华烂漫芳。

何日扁舟东北兴,飞流一棹过三江。

一二二

京师留住几多年,东北凝眸一怅然。

浩浩松花归榜远,声声杜宇报春阑。

奔波世路何堪恋,眷顾家山未及还。

搔首应怜生白发,人间扰扰岁时迁。

一二三

人间分走卅三年,满鬓尘沙各喟然。

景象残秋偏易感,风烟回首总难欢。

惛惛病旅悲吾老,脉脉乡愁惨客颜。

本欲邀君江上饮,只因疾患未成全。

一二四

蹉跎岁月已成翁，邂逅悲欢一笑同。
吟遍山川知客老，醉消节物感醅浓。
君家亲识皆兄弟，吾里旧知多俊雄。
遥想春江明月夜，几人品茗说诗公。

一二五

老来每自盼康宁，揽照衰颜一怆情。
慷慨诗中悲足迹，萧条客里听鹃声。
难随往事红尘忆，空得频年白发生。
故欲伤春东极望，江城千里暮云平。

一二六

秋声一到鬓先凋，惊起孤怀上沉寥。
乡思积成心易折，年华消尽首频搔。
唱酬新箧诗应满，酣畅紫毫书可褒。
来向故人欣把酒，难忘最是旧知交。

一二七

光阴老去似川流，不觉京师十数秋。

冉冉流光双过翼，悠悠梦境一浮沤。

啼鹃声里神魂断，落日墟边客旅愁。

高际孤云真不定。轻装重理下扁舟。

一二八

促促年华实可惊，悠悠岁月事无成。

离离禾黍悲羁客，漠漠风烟起故城。

别恨多年看落叶，归心千里寄飘蓬。

传书托雁天南北，游子可怜白发生。

一二九

举步京门世事艰，壮年吏退走风烟。

羁游岁月藏诗里，锤炼功夫落笔端。

醉眼当开篱菊下，归心莫起杜鹃前。

三江会待重逢日，岸上与君求一酣。

一三〇

多年京里倦交游,归思撒然满故丘。

但得君来能共醉,何须事往觅闲愁。

乡音沉久常相待,诗兴方高共唱酬。

旧林岁月堪回首,吟破流光几度秋。

一三一

飘飖身世水中萍,暗淡时光踏浪行。

自觉人生悲异土,偏惊物色动离情。

有家千里难来住,无地毫分可去耕。

几度秋风蓬鬓改,早谋归宿待扬舲。

一三二

岁岁思乡费折磨,因循又放一年过。

踏过峻峭崎岖岭,饱览江湖浩荡波。

老眼逢君青尚在,寒须惊我白应多。

莫将酒盏空寥落,且赋诗吟兴不赊。

一三三

尘间万事在人为,浪走京华意未灰。

虽喜还乡风物好,还惊投老岁时催。

云连落木秋江阔,烟入乱山夕照微。

来与朋俦欣一聚,须知真乐是当归。

一三四

重九登高向极东,每于此刻念诸公。

莫辞浊酒今朝醉,还似黄花去岁逢。

散诞光阴吟和里,纵横世事梦魂中。

勿嗟昨日长离索,万绪人间理不穷。

一三五

流水悠悠已半生,秋来惆怅怨难平。

山林无计逃神矢,湖海何时破浪行。

今日惟怜亏宿志,当年应悔误前程。

追怀扰扰红尘事,遥对松花一怆情。

一三六

阴阴柳色绿平桥，浩荡东风入岭峤。

数日因循闲觅句，平生兴致在飞毫。

逢春白发今疑少，投老清吟晚更高。

若问此生何所嗜，衔杯一笑上眉梢。

一三七

交情江海久弥深，都邑相逢白发新。

作客已怜身若梦，传家所尚礼于人。

闲襟尚可寻幽趣，落墨犹能写素心。

莫羡升平歌舞盛，灯前得句最相亲。

一三八

壮怀心绪两茫然，白发今年胜去年。

飘洒襟期随暮霭，纵横诗句出脾肝。

书眠枕下听风雨，酒醉毫端写素颠。

寄意松花江上水，东流送我到乡关。

一三九

六旬已过夕阳斜，岁月暗添两鬓华。

灯下吟诗长忆友，席间风味不离家。

思乡来对一杯酒，归里去乘八月槎。

惜别故人十数载，梦魂几度绕松花。

一四〇

和煦东风入翠微，河边绿柳细枝垂。

不停光景如轮转，难遏归心似箭飞。

便合赓酬诗百首，宁需醒醉酒千杯。

新芳桃李添遥思，杜宇声声唤我归。

一四一

卅六年前携手游，时光荏苒又经秋。

十分美醑须同醉，一梦劳生浪得愁。

白发青灯多感慨，老怀瘦骨强淹留。

归来还叹斜阳晚，独倚阑干羡暮鸥。

一四二

多年京里病缠身，每对秋容怨不禁。
诗赋歌吟留客路，江天瞭望寄乡心。
红尘老去欢难在，霜鬓衰来饮易醺。
晚岁已知筋力倦，飘飞落叶欲寻根。

一四三

短檠明灭伴宵深，编缀连年有所辛。
辑里包容千载赋，樽前添得一番春。
纷纷显贵谁求志，往往羁途自可文。
过眼云烟皆似梦，利名倾倒世间人。

一四四

初入京华步履艰，长宵漠漠忆家山。
片心念远孤鸿外，双泪感时佳节前。
笑语高怀思昨日，尘沙羁路叹流年。
诗场已托终生契，一任星霜鬓染斑。

一四五

不才但觉用功深,作客多年京上吟。

妙笔如君真造化,拙篇似我愧经纶。

交驰还忆寻常事,相握重论一片心。

故国思归归未得,枉教白发落红尘。

一四六

年庚卅五吏途休,为有诗书宿志求。

回首半生朝暮客,归心万里往来舟。

敲残棋局清宵月,吟老菊花白露秋。

衰飒鬓毛游旧少,满篇珍重写我忧。

一四七

秋风一夜入京关,东极相望又隔年。

节物来时思旧故,江皋别后念家园。

人生聚散难前料,客路穷通实偶然。

幸有樽中醽醁美,天寒无畏旅途艰。

一四八

寒来署往又更春，羁路遥迢久失群。
漠漠尘沙凋绿鬓，匆匆光景写清襟。
每邀风月花间醉，不老乾坤客里吟。
满眼珠玑成万卷，好将诗酒共良辰。

一四九

每为思乡动苦吟，老来归愿实难禁。
江涛万里扁舟渡，萍梗多年远客身。
节物留连游子意，时光怅惜志人心。
长哦莫叹销光景，回首故园隔俗尘。

一五〇

凡事无成饱即安，累时直想息双肩。
流年华发身旬六，匹马红尘路八千。
满箧新诗无浪语，一杯浊酒有余欢。
东君不屑光阴去，只向人间送管弦。

一五一

短长人世百年间,杯酒须斟莫等闲。

松水欲寻云隔梦,春风虽至月难圆。

一身渐老何求卜,万事将来只在天。

已觉壮心消耗尽,从教好句去留传。

一五二

心绪难平暂自宽,凡尘世事几多般。

山长水远三千里,斗转星移十五年。

莫使闲愁催白发,因无灵药驻朱颜。

人生百虑何时了,且对琼卮觅一欢。

一五三

当年宿志不曾移,墨垄诗田手自犁。

老却风华心尚壮,纷来世故物难齐。

微躯已叹秋霜早,幽梦长随夜魂西。

只有樽罍浑不减,醉题壁上待鸦栖。

一五四

昔日深知勇退难,归休作客老京关。
酒阑歌放频经岁,云散水流屡换年。
高怀久欲驰澄宇,吟兴多缘爱碧山。
春光无限入佳句,珠玉何时看满编。

一五五

壮岁时年别弟昆,须臾已至六旬身。
相期沧海浮槎客,赶趁东风忆故人。
满目山川常念旧,开怀诗酒更知君。
愧无高韵冲天阔,来写鹏抟万里心。

一五六

当年匹马异乡行,辑典八春客帝京。
百世名编千酿酒,一轩明月满窗星。
近修平仄时牵兴,遥忆弟昆每动情。
吟得新诗如有寄,飞笺不使过三更。

一五七

一宵春雨送轻寒,灯下辑书漏已残。

但使微躯堪聚力,敢将皤鬓向流年。

集成数帙方才定,文库百章尚未全。

勋业初开当奋勉,长风破浪挂云帆。

一五八

连年身世似浮萍,怎奈光阴寸寸倾。

千里羁怀悲白发,一壶浊酒醉东风。

恨无灵药延衰齿,幸有新诗寄故朋。

写就仄平长短句,窗前已落满天星。

一五九

秋深京国雁过迟,归念悠悠梦自知。

客鬓星霜非昨日,梅花冰雪似当时。

数年故土牵羁望,千里朋侪寄别思。

最惜疏篱陶菊谢,西风瑟瑟冷枯枝。

一六〇

少时携酒出蓬蒿，天意独怜惜我曹。
四十年光酬酩酊，八千里路任逍遥。
吟尊太白千秋韵，书写兰亭万世标。
香蚁入唇豪兴饮，纵然醉去也风骚。

一六一

世事茫茫千万端，暮春愁思落花前。
时光多付残编里，诗句常来病榻间。
独立潮头今老矣，百花洲上梦依然。
为闻东极一声橹，魂梦今宵黑水边。

一六二

又是重阳独上楼，年年寒菊动高秋。
故山千叠离人远，涕泪双行为客流。
莽莽黄茅连异郡，纷纷红叶落扁舟。
未成归计年空老，羞插茱萸雪满头。

一六三

经霜桐叶落回栏，凄冷西风惨客颜。

飒飒夜窗听暮雨，迢迢秋枕梦家山。

归舟临水横江岸，征雁捎书入塞天。

孤羁京邑十三载，乡心离绪两茫然。

一六四

经天日月疾如梭，几度春秋两鬓皤。

回想半生多坎壈，欲归三径已婆娑。

征途甚苦身耽累，投老犹悲病作魔。

况在京门羁泊久，壮心都付醉时歌。

一六五

秋景萧寥每忆家，小园踱步夕阳斜。

归心林下纷于叶，衰鬓菊前晚若花。

常恨逝川淹岁月，更悲羁路困风沙。

壮怀自觉消磨尽，流水连年送岁华。

一六六

回望故园云岭隔,蓬飞两鬓数年过。

乡关久别行尘远,京洛古来游子多。

过眼人生无若此,到头世事奈愁何。

一壶携去闲边饮,醉后犹能发浩歌。

一六七

灯下简编续汗青,斋中孤影叹伶俜。

秋风落叶添愁思,诗草连年作别情。

常读古人修格律,暂凭拙笔写生平。

桑田沧海随时变,唯有光阴不可倾。

一六八

嘈嘈歌管月华前,把酒都门一笑欢。

早絮萦丝轻不着,和风弄袖细堪怜。

湖光山色供诗思,鸟迹鱼虫入笔端。

感叹天公钟造物,遂将喜雨送京关。

一六九

柳衰枫老暮秋天,愁绪京畿一怅然。

往事苦无人供诉,羁途且与梦相关。

病多难复樽中乐,老去何如枕上闲。

强忍疲躯登台榭,西风吹泪旧阑干。

一七〇

夜雨萧萧漏已残,衾单榻冷不胜寒。

强支事冗形骸倦,难得神清梦兆安。

光景悠悠催白首,秋风瑟瑟送流年。

病襟难忘芸编趣,来向书中取次看。

一七一

榛老层峦十月天,悲秋塞上感凄然。

全无气力追年少,只有诗书记岁寒。

尘世百年人自老,乡关几许梦能圆,

常思一钓沧浪去,流水落花相与闲。

一七二

存身较比一浮沤，对酒幽欢足忘忧。
有客来谋终夜醉，无花空动半年愁。
萧萧晚月听衰叶，历历晴空数白鸥。
形似孤云飘不定，几时江上理行舟。

一七三

残叶纷纷坠暮秋，天寒斋冷使人愁。
薄衾梦里多惊魇，扶病诗中尽写忧。
元觉清游心不累，那知高处志难酬。
悠悠光景与心事，尽逐滔滔去水流。

一七四

东风吹雨满江天，帝里逢春花欲燃。
酒熟来呼诸子饮，书成去唤百家谈。
寄怀黑水白山外，得意唐诗晋帖间。
飞棹久思东极去，放教归梦落花前。

一七五

找间蜗舍暂藏身,辜负平生万里心。

匹马争驰云渺渺,故人相对语亲亲。

一杯酒满应为快,百帙书成岂是贫。

东北凝眸生旅思,凭高长叹隔重云。

一七六

兴尽难忘醉一场,栏干独倚立斜阳。

已知壮志随时减,无奈羁愁逐日长。

冉冉年光诗里过,悠悠心事梦中藏。

淹留京上由来久,赢得萧萧鬓上霜。

一七七

堤柳含烟色欲深,春葩过眼又成尘。

乡关久负平生约,都邑终成白发人。

羁滞京畿心尚累,检编灯下目常昏。

年来多少朋游忆,陈迹全凭一梦寻。

一七八

文林信步几多春，虽得华颠志尚存。
笔底云烟铺锦绣，席间酒户领风云。
故园松柏秋难老，北国风光雪后新。
还喜诸君知我意，赓酬来对旧同群。

一七九

流光似水去匆匆，花甲尚无尺寸功。
久病支离临老境，残秋萧瑟怯西风。
壮心自信今还在，狂饮谁知体不容。
笑我诗才虽浅薄，朝朝都付苦吟中。

一八〇

身世已知一断蓬，花开花落数枯荣。
痴迷岁月诗书里，行迹山川湖海中。
回首旧游浑似梦，开心好句却难工。
老来渐觉家林远，更惜无人说寸衷。

一八一

秋来欲饮酒杯空，劳碌多年惨客容。
羸病不禁连夜雨，羁愁倦听五更钟。
三千余里松花外，一十六年京国中。
久住幽燕思旧里，他时归棹莫匆匆。

一八二

渺渺家山云万重，只将消息寄冥鸿。
梦回江浦山亭外，诗就秋宵雨滴中。
故水归来催去棹，朋俦相送怅离觥。
几多旧侣无音讯，只有相思梦里同。

一八三

投身书海不辞劳，点点京霜染二毛。
流景如诗供赋咏，知交似酒破萧寥。
兴衰去问枯荣柳，聚散且看旦暮潮。
风雨堪惊谙世态。来将心事对君聊。

一八四

有时散漫似游仙，鹤态云情任自然。
明月盈庭来即友，清风满榻不须钱。
乾坤大度呼斟酒，烟雨一蓑垂钓竿。
更有诗筒存妙处，君吟我和共追欢。

一八五

从来有酒醉方休，隔日尝能兴致留。
倒尽金樽星隐迹，书干朱墨月藏楼。
诗成京里多年梦，心系江东一叶秋。
借问松花江上水，归舟还认故人不。

一八六

又是一天澄色秋，静看流水去悠悠。
久忘仕路应无悔，远在他乡别有愁。
岁月虽添新白发，杯觞不减旧风流。
幽燕不识松花美，只为诗书暂住留。

一八七

连年飘泊觉途穷，败叶残柯掩户扃。

冷雨滴檐欺客梦，寒花倚槛蔽秋风。

京中留滞时情薄，塞上难归岁计空。

别绪难禁千里远，乡心迢递更谁同。

一八八

日出幽燕光景新，冰销北国欲生春。

流年迅疾如飞毂，生计亏盈在用心。

物色堪怜悲异土，旅愁亦复不饶人。

白头自笑壶浆里，空负钓竿湖海身。

一八九

重阳时候月半弓，遥对龙江岭万重。

山色湖光元可恋，人情世事底难同。

筵间对盏无乡侣，天外传书托塞鸿。

岁岁思归成渴想，黄花又负一年空。

一九〇

鬓上纷纷出二丝，光阴难挽似飙驰。

客情万缕多交感，春事一年当惜时。

明月映编无浊句，清风拂卷有新诗。

半生意欲归田去，辑缀千家亦不迟。

一九一

形容老去体难支，况复经年多病时。

岁岁伤怀秋易感，星星愁鬓镜先知。

暗惊篱落花开晚，偏觉归舟棹放迟。

千里莫嫌乡关远，回来圆我梦中思。

一九二

长年劳累憩书槛，旅泊犹如水上萍。

已落残红香不在，更飞寒雪冷初增。

酒杯无侣难成饮，诗句多姿可激情。

一夜斋中思事往，抬头忽见小窗明。

一九三

连年归计岂应迟，又见黄鹂唱柳枝。
雨滴空阶怜夜榻，吟牵芳草梦春池。
家山风月人依旧，客舍星霜鬓已丝。
淹滞京畿多伤感，每斟佳酝忆亲知。

一九四

秋色宜人菊又开，更欣喜气满书斋。
遂穿珠玉藏诗里，再放溪山入句来。
千帙有编真乐尔，一生无憾亦悠哉。
高情霄外须倾斝，聊对黄花独畅怀。

一九五

乡关牵我太多情，四十星周客异城。
久别青襟随雁远，细看白发逐年增。
几时锦瑟听苏郡①，何日银帆挂少陵。
莫遣芳辰归欲晚，村头翠柳正闻莺。

【注】
① 老家在黑龙江省巴彦县，古称"苏城"。

一九六

一杯浊酒醉天真，莫为浮名累此身。
永世芬芳存孝理，百年富贵等埃尘。
世情堪笑知菲薄，花意无言可至亲。
今古往来皆梦境，悠悠何必苦劳心。

一九七

老去壮怀非比前，逐年齿发渐衰残。
野花香在春光里，杜宇愁生夕照边。
客旅思家常寂寞，乡情入梦且留连。
岸头何日驰归骥，亲旧殷殷待我还。

一九八

匆匆一梦十年春，豪气多随暮气沉。
长忆松花江上月，尤怀猴石岭头云。
独情雪白洁如玉，更喜稻黄灿若金。
早识故园佳秀色，何由来作异乡人。

一九九

节物匆匆入晚秋，登临西岭望神州。

一山枫叶红初染，九月菊花黄正稠。

鸿雁不捎书北去，寒江只识日东流。

凭高目断苍茫外，心在迢迢故里游。

二〇〇

一夜西风瑟瑟凉，隐看丛菊泛初黄。

老槐枝瘦衔疏月，残雨衾寒念故乡。

客里难忘江海志，年来犹厌利名场。

牵魂最是家山忆，十里金风稻菽香。

望雁思乡

寒雁一行过蓟城，登临载酒雨初晴。
浅深山色随斜照，澄碧秋江插画屏。
辜负黄花斟客意，悲怜赤子望乡情。
当年游走家千里，从此音书隔友朋。

秋　意

十几年来形影分，每于秋至念知音。
鳞潜鸿去烟波渺，斗转星移岁月深。
魂梦他乡蓬鬓改，歌吟盛世壮心存。
江东贤旧多荣退，惟我京师独步今。

己亥夕夜致友

己亥掀开一页新，东来紫气入乾坤。
音书故里频经岁，景物他乡又换春。
诗得文华倾素志，墨留筋骨写幽襟。
欲将佳酝酬亲旧，万户千门正满樽。

病中作

弱体支离不自持,多年劳顿鬓先丝。
人情厚薄贫时见,天气阴晴病可知。
得意问心身有几,趋愁把盏醉相宜,
星移斗转成朝暮,难挽人间岁月驰。

清　秋

碧落风回暝气收,凄凄凉意感清秋。
乱飞红叶深庭静,独放黄花曲槛幽。
天晚夕烟添别恨,樽前湖海洗离愁。
行踪自惜同孤雁,数载伶俜念旧俦。

送友人

木落萧萧霜满天,离歌一曲倍凄然。
别情只恨经秋晚,后会应知隔岁年。
暮雨层峦迷过雁,寒江远客送归船。
临歧路上多惆怅,且盼重逢笑语欢。

行车回东北道中作

北渚雁回天已寒，思乡滋味百千般。
自怜踪迹时年远，始觉人生步履艰。
雨霁遥岑长岭净，风高荒垄野烟残。
停车欲饮他乡酒，只叹无朋难尽欢。

己亥新正寄俊敏

文苑相携二十年，于今尚觉学诗难。
有时得句来并赏，无处闲聊不共欢。
长忆当初同笔砚，更思别后隔关山。
可欣迁籍居京国，且把娇孙仔细看。

寄家乡诗友律民兄俊敏弟

赓唱经冬复历春，每淘佳句自欢心。
抛开名利修平仄，行走燕京别仲昆。
当恐栖迟流景远，常思进取岁时勤。
几曾熬夜三更后，写就新章涤旅尘。

见落叶起归乡意

一骑秋风坠叶飘,轮蹄无惧路迢迢。

京畿虽少知音侣,故地还多莫逆交。

立志诗书成梦寐,独情杯酒亦逍遥。

行吟勿待松花老,归里何须贬与褒。

在京会俊敏

京华岁月感沧桑,壮岁分携天一方。

手把云笺嫌纸短,心言夜话自情长。

江东别后怀亲旧,京上从来忆大荒。

投老常忧消宿志,遂将旦暮伴诗行。

新春有怀并致故乡诗友

客里时艰数(shǔ)岁过,天涯浪迹意如何?

连年兄弟分携远,迟暮京师感慨多。

乡梦长萦松水渡,诗心久慕大风歌。

莫将新岁蹉跎去,枉负流光一掷梭。

二十年后归里

漠漠长堤散野烟，暮鸦满树噪荒田。
松声万籁云天外，涕泪双襟故旧前。
梦断关河清露冷，星回霄汉白屋寒。
乡音乡俗终难改，切切归心黑水边。

送万山兄赴美定居

残春送客雨濛濛，不舍兄台异国行。
袅袅柳丝垂岸绿，萧萧竹叶带风清。
欲言别意思添涩，难解愁怀酒失灵。
执手相看惆怅甚，重逢时恐二毛生。

己亥春致魏夫子

一

文字投缘笔辍勤，每倾夜话入更深。
炎凉世态谁知己？烂漫诗筒自有人。
别郡山川难醉眼，自家兄弟最经心。
乡闾何日重相聚，小饮松花浅浅斟。

二

当年学艺两无成,瘦马难追伯乐行。

松水滩头留过往,燕山脚下忆曾经。

乡关德厚君当数,都邑名高我未能。

三十光阴随岁远,相看鬓发已星星。

离乡四十年随感二首

一

临行驿马叶初黄,怅望少陵河水长。

回首月明家万里,悬心帆远客孤航。

云深层岭迷归径,秋老轮蹄破履霜。

暑往寒来休问苦,行吟满满缀诗囊。

二

惯看春绿与秋黄,过眼沧桑入梦长。

半老他乡尝世味,独思故郡盼归航。

箧中岁月留诗句,身外功名付流光。

四十年间多少忆,都随故事入书囊。

客思寄友

客舍京畿十四春，鲲鹏远志半生心。
酒肠宽处淋漓饮，诗思狂时烂漫吟。
投老方知身若梦，闲愁只觉病侵寻。
他年会待重逢日，昆仲欢娱寄一欣。

丙申生日寄怀三首

一

诗坛乍见百花荣，不负骚人累世功。
百帙图书初纂定，一怀磊落快何穷。
长歌按剑吟豪气，激浪冲滩啸大风。
信有仙公亲指点，好教归梦过江东。

二

惜别乡关家万里，于今一十四春风。
流年忽忽催人老，往事悠悠逝水东。
旧故言欢情有寄，新诗酬唱趣无穷。
从来名利随流水，难得人间醉一觥。

三

畴昔当年匹马行，客居京邑怅羁情。

春光新启千枝秀，松雪长留一段清。

云带闲心归远岫，风牵诗思入苍冥。

浮生过隙聊能慰，江海归来学钓翁。

寄魏律民、于俊敏先生

吟哦酬唱十年光，遥想诗华已满囊。

汝比江城双俊彦，我于京兆一毫芒。

书编百帙同伙伴，墨润千张共日长。

自笑客身无拘束，人生随处得徜徉。

偶　叹

年来只恨病缠身，况复衣沾京洛尘。

回想人生真碌碌，那知世累故频频。

萧疏倦意俱春老，寂寞闲愁与日侵。

空负男儿千里志，蹉跎四十好光阴。

在京寄何昌贵兄二首

一

旧交虽在比晨星,冉冉年光岁月更。
都邑羁情诗未就,乡关别恨酒难平。
一枝椽笔凭兄写,万顷书田待我耕。
不是故人偏话旧,寸衷只合与君听。

二

飘泊江湖寄此身,几回醉里叹离群。
江皋水远君思我,燕岭山遥我忆君。
行路艰时情落拓,旧游别后感知音。
枕寒难就京华梦,空付流年十四春。

暮春思故人

岁月无涯生有涯,知君思我我思家。
不堪苍鬓如秋染,其奈丹心似日斜。
消解客愁诗足以,排除旅闷酒须加。
一声杜宇催春去,伫立窗前数落花。

病中感叹

归休生计寄京门，倏忽竟临花甲身。
堪叹光阴随逝水，旋嗟岁月苦熬人。
病来自觉欢娱少，花落谁知感慨深。
架上陈编欣满满，多些苦累作何嗔。

在京寄魏律民先生

回想丙申半岁前，弟昆把盏足言欢。
一生知己如山重，卅载恩情抵海宽。
暂借诗筒平寂寞，曾吟月色到阑珊。
连年酬唱君须记，尚欠几章仍未还。

丁酉春京中寄魏律民、于俊敏先生

京国春园花正红，思君千里意何穷。
尽教心事诗中见，全赖交情笔底通。
把袂重逢呼旧雨，开怀一饮醉东风。
云笺难写别离苦，三四十年手足同。

致何昌贵先生

青帝行春过蓟门，东风柳岸草如茵。

相亲故里何堪别，到老交情更若新。

欣我夜编灯下玉，羡渠时渡笔中金。

悠悠十五年光久，身在京华独忆君。

致于俊敏先生二首

一

数年聚散惜匆匆，流水落花忽两翁。

离久谁知归意切，交深自觉老时浓。

别怀黯黯江汀晚，蓬发萧萧客路穷。

千里忆君惆怅甚，故人遥隔岭西东。

二

卅年求索数从头，笔墨牵情春复秋。

北海樽开人欲醉，西窗灯尽语难休。

胸怀云梦乾坤小，洞眼诗书岁月遒。

放棹松花酬旧里，斜阳柳岸并君游。

书奋二首

一

平生劳顿未休鞍,不羡神仙不愧天。
梦里途程无远近,人间聚散有悲欢。
岂能穷达求爻卦,唯把诗书记岁年。
襟抱豁开容海阔,青灯伴我古今编。

二

花开花落数流光,苒苒人生入夕阳。
千里风烟生客袂,满川溪月映书香。
江湖白发孤心在,几案青编旧味长。
思往伤今吟不尽,一凭杯酒洗征裳。

丁酉春抒怀

四月京都草木酣,奇葩簇簇鸟关关。
染匀柳色风初暖,飞尽杨花日正妍。
每觉春来诗思好,更因情至酒肠宽。
登临我欲抒豪迈,一跃再攀百尺竿。

在京会俊敏

丁酉春来岁月增，弟昆不意会都城。
看花品柳知幽兴，把袂论心识故情。
归里长听倾盖语，吟诗还作旧时声。
金兰交契由来久，三十一年肝胆倾。

京城迎春花开放

千般红紫竞芳馨，丛丛簇簇爱煞人。
冻解花梢春助力，暖生风候柳传神。
畦葩幽径真宜趣，笔砚闲窗不染尘。
时序又开新岁景，吾侪能不放怀吟。

送　春

书剑无成独自嗔，鬓边白雪已纷纷。
江湖一枕浮华梦，风雨五更游子心。
比岁云烟来往客，连年南北送迎人。
果真四月芳菲尽，花落枝头又暮春。

丙申腊月送友人

临歧路上几彷徨,愁绪满怀对夕阳。

数载奔忙头顶雪,一回把握掌心香。

行将旧岁更新岁,却在他乡望故乡。

遥忆家山明月夜,追思泪眼已汪汪。

寄苏东兄二首

一

一自乡闾形影分,烟长水远独思君。

交情不改青山旧,老色渐添白发新。

梧带秋声清露冷,鸿传寒信暮云深。

明朝舟泊乌苏岸,共置金樽论古今。

二

年近六旬谛本真,三千里外客于今。

看云几度衔东极,斟月何时对故人。

带雪鬓边身尚健,无尘笔下句生馨。

回归自有逍遥所,万事只求一称心。

京中寄同窗二首

——永发中学毕业四十六年同学会

一

一从别后念知音，客在他乡忆故人。

岁月头中添白发，炎凉世上厌红尘。

勿悲昔日曾分袂，堪喜今朝又举樽。

四十六年重聚首，相看老眼更情亲。

二

重回故地续因缘，岁月骎骎叹逝川。

不见数年怀老友，相逢一笑启新篇。

二毛苍鬓星霜染，六月青山草木酣。

欣有诗成酬旧雨，遥斟美醑醉酡颜。

京中与俊敏夜饮

当年分袂别龙江，欲展豪情万丈长。

载腹何当修百辑，浇肠宁可饮千觞。

青山伴我添新曲，明月陪君赋绮章。

乙酉花时重把臂，架中满满是书香。

寄张德文兄弟

昔时吏役忆同俦，回首堪悲岁月流。

书里但惊诗句老，天边不见塞鸿游。

奔波长叹身无计，静退深知足远谋。

何处与君相对饮，任由一醉不他求。

在京逢俊敏二首

一

龙江一别各西东，樽酒重来气尚宏。

器业蟠胸元世仰，词章落笔更神通。

知君白雪藏头上，顾我清风挽袖中。

身外不思今古事，悠然自得乐无穷。

二

半生知己趣相通，况复从来志向同。

把袂重逢寻丽日，畅怀一会趁东风。

云烟每看生毫下，丘壑故应满腹中。

赖有同俦斟美酝，开心何不酒樽空。

春夜与魏律民先生赓酬

乙酉匆匆春已酣，京中忽觉雁行单。
会心美景真欣矣，回首故园足怆然。
且盼归来三径扫，何妨兴至一杯干。
夜深时候人无寐，长宵频把秀句传。

春节返京时作

半月匆匆聚又分，论交昆仲久弥深。
松花江岸才牵袂，紫禁城中已换春。
别后自怜心若渴，诗来犹喜句纯真。
连年常得还乡乐，叶落还归故土根。

重阳感旧三首

一

篱畔又开金碧丛，两三旧故偶相逢。
堪惊十载霜生鬓，还喜重阳酒满盅。
言笑当时如过梦，容颜今日似衰翁。
未归乡里添惆怅，长寄高吟一醉中。

二

登高望远久凝眸，重九连年念故俦。
白发西风空叹老，黄花晚节又惊秋。
偶逢今日甘同醉，回想他时忆共游。
喜有诗筒来慰我，交呼酬唱每相投。

三

又是重阳客别乡，遥思故里黯神伤。
每期佳节团圆乐，浑减凄风路径长。
赤子犹期终岁好，黄花还泛去年香。
京门数载离群远，何日归来兄弟行。

丁酉重阳述怀

佳节来时每忆家，淹留日久滞京华。
飘零世路身如梗，纷冗俗尘事若麻。
念远满头增白发，登高落帽负黄花。
何当载酒从君饮，只为乡愁多感嗟。

春日偶成

盼春才到怕春阑,骀荡春光胜往年。

即日文编开好运,此时兄弟醉幽欢。

不消风月钱难买,得用诗书墨可刊。

最喜平生多契友,前行无畏客身单。

春　信

丝柳垂垂欲泛黄,东君送雨过池塘。

草生驿路春传信,冰解松花客换裳。

有梦青山怀旧故,无私白发阅沧桑。

郊园残雪消融后,开遍杏花百里长。

客京十二载逢春有感

碌碌平平十二春,始知岁月不饶人。

一灯相伴随宵尽,双鬓连年被雪侵。

塞上旧游吟和少,京中新友往来频。

窗前明月枕边梦,故水一泓寄我心。

二〇一四年四月十九日

原韵和魏律民先生《七律·致梁松君》

镜里又添白发新,疏才偏爱扮骚人。

辑书常伴星光灿,学韵每随夕照沉。

文库①千秋存史迹,集成②万卷铸诗魂。

欲妍蓓蕾含苞切,只待文畦烂漫春。

【注】
① 文库,即作者现负责执行主编的《中华诗词文库》,现已编辑出版70余卷。
② 集成,即《中华诗词集成》,也是作者负责主编的一部诗词类图书的宏篇巨制。

二〇一一年一月七日

早春抒怀

春到瀛寰万象新,东风着意惹骚人。

裁诗欲纵凌云笔,把酒当倾纳海樽。

巨制集成①凭胆魄,鸿猷谋定赖精神。

放怀一曲广寒上,邀与嫦娥舞碧云。

【注】
① 巨制集成,指作者主编的《中华诗词集成》。

辛卯元月

春夜乡思

壮岁别离杨柳津,八年客枕又逢春。

松花江上扁舟远,紫禁城中幽径深。

已叹羁游生雪鬓,更忧扶病染霜身。

闲来最是开心事,塞外诗笺值万金。

二〇一一年二月二十六日

辛卯致诸学友

清明时节,回乡祭祖,同学相聚,高兴之至,席间谈了许多事情,尤其谈至我们班级不久前又有一同学病故了。算起来毕业后已有五位学友不幸辞世,大家都很感伤,呜呼!痛哉!

三十年前别袂初,花开花落数荣枯。

鬓边雪彩从今有,面颊春光自此无。

迢递关山南去远,寂寥音信北来疏。

几多豪壮留荒径,都入渔樵酒一壶。

二〇一一年五月九日

初夏夜旅怀

鸿鹄高翔爱碧天，笑吾蓄志学其焉。

离乡别水三千里，入厦迁京十五年[①]。

虽短吏涯辞去易，太深商海闯来难。

明朝醉醒归何处，浪迹五湖又起帆。

【注】
① 厦，指厦门，作者曾在厦门派驻。

二〇一一年五月十六日

辛卯岁暮酒后作

辛卯岁晚，在西山友人别墅欢饮，宴后微醉，伫立山头，不由自主地向故乡方向眺望，一股思乡念友之情油然而生，遂成一首，聊以释怀。

目断寒天一抹云，凝眸远眺故山村。

龙江旧侣音书少，京国新知酒令深。

月下敲诗唐韵始，案头临帖晋风存。

醉来常忆曾经事，一任流光染客身。

二〇一三年十二月

读六中全会公报有感

留客京门亦使然,喜逢文苑艳阳天。

洞开眼界千峰秀,拓展襟怀万壑宽。

酒力未随年齿减,诗情每逐岁时添。

好风送我扶摇上,巨制集成万古篇。

京中送铁男、辛慧返七台河

一

京师欲别意凄然,执手无言泪已潸。

相照胆肝追数载,互为手足已多年。

学兄基业京城建,昆弟功名煤海传。

遥寄龙江千顷水,送吾思念到君前。

二

自古人生恨别情,一壶浊酒送君行。

山重水复三千里,地远天高一日程。

家宴难如姊妹意,春醪不尽弟兄情。

依依聚散思无尽,十月金秋期再逢。

贺俊敏弟退休后迁入京城二首

一

弟更户籍入京来，吾滞京华久未回。

鬓白羞论乡曲事，眼青独赏故人怀。

贤妻腕下生花笔，爱子世间倚马才。

六秩归休荣梓里，好诗从此待君裁。

二

岁华过往已成烟，三十三年顷刻间。

丁酉尝忙胥吏事，戊戌遂向帝州迁。

二王笔法随心写，八咏诗才助梦圆。

只待小孙来问世，一杯喜酒且开颜。

丁亥岁末感怀并有感于魏律民先生诗《赞梁松》[①]

莫道京华池水深，赖凭豪气闯龙门。

雄心弄墨兴家国，励志修书惠子孙。

岁久长思乡里友，夜深犹忆梦中人。

流光五载如弹指，鸿业当须夙夜勤。

【注】

① 此诗刊于《光明日报》。

二〇〇八年一月二十四日

"五十"五咏

一

荏苒光阴五十春,逍遥尘世乐天真。
闲来纵笔诗情放,自在飞觞酒令深。
燕雀难怀鸿鹄志,柏松犹抱岁寒心。
锦程亦有铺金路,唯守西园翰墨林。

二

悠悠岁月感浮生,万念红尘一梦中。
弱冠田畴思富贵,盛年胥吏厌虚荣。
三千里外边城忆,五十年间翰墨情。
半世光阴零落尽,生涯只在酒中倾。

三

龙缘吉日正逢春,回首流年半百身。
笔墨通灵铺锦绣,丹青入妙写精神。
放怀把酒酹鸿儒,乘兴裁诗赠友人。
几点银丝初入鬓,知余不改少年心。

四

光阴倏忽去匆匆，流水落花已半生。

本欲挥毫光盛业，却为纵酒误功名。

浮思世事千丝乱，回望年华一梦惊。

惆怅京师城里客，心潮浪起更难平。

五

星移斗转喟流光，往事如烟忆更伤。

客路三千成幻梦，岁华一半付沧桑。

经年文卷尘空满，故地山川草自长。

莫叹松花东逝水，一壶浊酒对斜阳。

二〇〇八年三月

原韵再和李葆国先生

感君为我放歌吟，唯有真情可比金。

卅载年华寻梦寐，半生尘迹没山林。

虽无画卷惊天地，但有诗篇诵古今。

拙笔难描云锦色，赖凭热血写丹心。

二〇〇八年三月

读于俊敏先生《寄兄》并和

又是春光二月时，暄风染柳碧如丝。

杏园烂漫红胜火，翰苑芳菲绿满畦。

万古遗香东晋墨，千年吟咏盛唐诗。

弘扬国粹吾侪事，莫待夕阳方恨迟。

二〇〇八年三月

己丑初冬致魏律民先生

　　读律民君和《寄友》有感而赋之。

忆昔良俦举袂分，至今帝里怅离群。

红尘浮世人空老，白发盈头志尚存。

榆塞壮怀终不改，松花幽梦总相侵。

当年诗侣交游处，更有诗才烂漫吟。

二〇〇九年十一月五日

冬夜遣怀并寄昌贵兄①

百岁光阴已半分，少年豪气迄今存。

弓强尚可矢鹰隼，剑利犹能泣鬼神。

无悔青春酬日月，有情朱墨洒乾坤。

他年我若归乡野，定揽松花放一樽。

【注】

① 昌贵兄，即何昌贵，是作者的亦师亦友，原任中国书法家协会理事，黑龙江省书协副主席，佳木斯市书协主席，《青少年书法报》社社长、主编。

二〇〇九年十一月十六日

冬夜寄家乡诸友

寒风瑟瑟冷纱窗，书榻新添一夜凉。

辑卷时忧无妙笔，裁诗常叹少华章。

朱颜已逐沧桑老，绿鬓难随岁月长。

客路难行偏又窄，羁情总被世情伤。

二〇〇九年十一月九日

退休六年有感

常记当年从吏地，即今休日已无涯。

清闲春苑吟官柳，自在秋篱赏菊花。

初日窗前听噪鹊，晚霞枝上数归鸦。

醉眠尽忘尘凡事，一觉醒来餐可加。

二〇〇九年十一月二十三日

春节后返京寄少华①弟

一别乡关万缕愁，伤怀念远两无休。

望穷榆塞云如帐，吟断燕山月似钩。

百事随心终是愿，一生如意总难求。

流光又逐一年去，邀与知交梦里游。

【注】

① 陈少华，原任佳木斯市郊区区委副书记，佳木斯市检察院政治处主任。系作者好友。

二〇一〇年二月十八日

写在《中华诗词集成》组稿前

京中多病每强撑，客路时艰踉跄行。
消尽华年吟白发，熬穷寒夜写青灯。
襟怀敢放千觞饮，肝胆难收一寸倾。
但得集成芳翰苑，定驰捷报到江城。

二〇一〇年十二月十六日

写在《历代绝句汇编》付梓前

宏篇巨制破天荒，欲写中华万卷长。
诗为好题欣命笔，酒因佳会乐飞觞。
集成锦绣千秋册，录尽琼瑶百世章。
多彩织编中国梦，肯教天壤送奇香。

拟编《千家诗钞》有感

本自烟波一叶舟，京中追梦立潮头。
敢教文苑鸿猷展，为有吟坛巨制谋。
逸兴每由新句遣，清襟岂许俗尘留。
缀编独俱乾坤眼，今古诗华一统收。

《梦龙斋吟稿》(庚子增订版)定稿

把卷全忘夜已深,熬灯易稿费精神。
月当户牖精心缀,情寄诗田仔细耘。
一卷新吟将付梓,多年故事去追寻,
欲裁云锦拼成句,写我幽怀写我真。

元日作

烟火腾空耀九天,戊戌新禧又开元。
已驱神鬼消忧患,旋饮屠苏贺团圆。
新置杯盘佳味满,远行儿女彩衣还。
承平盛世家家乐,还喜小孙绕膝前。

元旦寄成文兄弟

功名未就客京畿,蹭蹬半生鬓雪欺。
欲去闲愁诗解散,消除羸病药传奇。
风尘一笑新年换,帝里常忧旧故稀。
江上何时重聚首,临流把臂话归期。

丁酉岁晏寄友人

京中扶病欲穷年，尚省松花入塞川。

生计难随枯木尽，归心但伴死灰燃。

容颜别后应无改，襟袂何时再互连。

最怯严冬风雪夜，离愁枕下梦生寒。

岳丈逝世周年祭

甲申岁首溘然逝，乙酉春回已一年。

曲水回流环墓冢，骄阳送暖入长棺。

高眠翠柏遮阴地，静卧青山环抱间。

无尽哀思垂泪祭，家人焚纸寄阴钱。

二〇〇五年二月一十三日

己亥中秋

一轮素月挂长城，极望乡关感慨生。

松水滩头思旧往，燕山脚下忆曾经。

初来京国心当壮，老去年华梦已惊。

忽觉匆匆为客久，时光都付读书灯。

春日致魏、于二君

朝日光芒耀世昌，笔歌墨舞醉春光。

雪消塞外千原秀，风暖京畿百卉香。

方晓江城藏俊彦，已知兄弟①卧龙骧。

琼瑶写尽凌云笔，帝阙邀君共举觞。

【注】

① 兄弟，作者的两位好友，即魏律民、于俊敏。

二〇〇八年五月

戊戌春京城送俊敏弟

送弟逢春着意欢，京门雨歇物华妍。

柳梢绿抹初垂后，花萼红粘未放前。

一自知交存谊厚，几曾醉意放杯宽。

斜阳岸上催征橹，唯恐离愁怯管弦。

在京寄魏公二首

一

吾羡恩公阅事多，平生历历屡经过。

常敲笔下高标韵，来写人间正气歌。

不慕鸿飞倾碧落，长随凫羽濯清波。

华颠自有豪情在，学富精深载五车。

二

红尘滚滚伴相从，相契相知等弟兄。
行乐一壶应似我，衔诗两袖莫如公。
故交忆旧情无尽，赓和吟残兴不穷。
今恨古欢多少意，回眸尽在旅途中。

逢秋寄俊敏

日月流光六十年，半生情义结金兰。
止今阅士多千百，至此如君只二三。
聚散分携追故事，诗书吟唱信前缘。
秋来京上思游侣，每为伤离一怆然。

百卷《中华诗词文库》即将收官

览照菱花叹岁年，功名与我一茫然。
成诗百帙因寻梦，求药千方浪得仙。
入夜方知思友远，问心始觉纂书难。
东风莫负他时约，告捷来歌载酒船。

约同窗京城夜饮

京师卜夜宴同窗，垂地星河漏刻长。
诗兴不衰音跌宕，酒风严正气轩昂。
青衫已伴尘中老，白发宜随镜里藏。
更此良辰须共饮，开怀樽俎醉留香。

岁晚客愁

卅载客中嗟久留，此身自觉似萍浮。
看花老眼空含泪，临镜衰颜难掩羞。
秋尽已悲生雪鬓，岁残无奈数星周。
乡心万里何时达，归梦迢迢怅远游。

五十九岁咏怀

流年似水又经春，倏忽已临花甲身。
醉后常随诗入梦，病来留与药关心。
乾坤只作一间舍，日月无非两毂轮。
入眼云山何去买，壮游路上有新吟。

在京送大力、永智

烟浪沙皋草木春，江干弭节送行人。

不禁别恨啼鹃响，应是离愁落叶深。

老我千茎俱白发，与君一寸共丹心。

乡闾昨日旧朋侣，笑语相欢倍觉亲。

京城春感

花娇柳媚正芳春，我欲凭栏畅一吟。

桃锦高低红并倚，榆钱大小绿初匀。

清风入袂身犹爽，小鸟呼人梦不禁。

光景无边堪胜赏，开怀诗酒有余芬。

寄原立军先生

长皋十里并君行，数载分离岁月更。

契阔故人情易厚，飘零羁客事难成。

爱书习气吾惟有，弄墨功夫汝已名。

耳顺时年心不老，满斟尚可敌刘伶。

握别白志军兄

匆匆握别夕阳天，雾里江城起暮烟。

水远山遥何处所？莺啼花落又经年。

白头似我多还长，墨迹如君久不凡。

世路艰行相见少，临歧岸上一凄然。

戊戌春送德文弟

东风拂煦又春声，烟雨一篙趁月明。

自叹京中耽酒客，谁知津际送君行。

相逢樽俎开颜笑，离抱心情杂感生。

别后君当鞭快马，老兄拭目尔飞腾。

思　归

数年劳顿少余暇，游旅京师鬓欲华。

暂借诗筒平寂寞，每于月色忆松花。

幽窗闲处书围榻，倦枕酣时梦到家。

他日回归朋旧会，故园斟酒亦烹茶。

暮秋长安街送友人

愁绪京畿草木焦，离歌送客曲难调。

长街握别忧天暮，故国思归恨水遥。

游子连年求宿志，飞槎何日到江皋。

吏胥回首皆陈迹，惟有乡情不可抛。

步魏兄"人生感怀"原韵

当知天意怜吾曹，多彩人生手自描。

黎庶当年思饱暖，乡音数载隔遥迢。

案头搜句收青简，醉里啸歌冲碧霄。

斩断尘凡名利想，集成千帙莫虚骄。

归　思

家住江湾碧甸幽，当年惜别稻粱洲。

旧知且有青山在，素志焉能白发休。

澄澈此心明若水，清臞得句淡如秋。

莫教归思浓于酒，啼破乱鸦梦未收。

念旧雨

故城别后每相望，黑水燕山各异方。
夜里怀人嫌漏短，愁边听雨怯更长。
烟霞醉后云天外，风月吟余星斗旁。
欲寄瑶华春信去，梦魂早已过三江。

通州聚佳木斯诗友

昔日同乡松水滨，重逢把臂底相亲。
草深柳岸平如熨，风煦京关翠若薰。
赓唱虽无诗几首，笑谈敢放酒千樽。
夜阑相送依依别，终始交情似暖春。

京中夜聚邯郸诗友

席上同斟未足多，良宵到此一欢歌。
酒因尽兴淋漓饮，诗为多情烂漫哦。
岁月无穷期邂逅，光阴渐老莫蹉跎。
宜将高韵冲天汉，秋发成丝奈我何！

京中喜逢俊敏

管甚流光疾似梭，人生有酒且高歌。

丹心一寸和君共，白发千茎与我何。

耐久交游如尔少，成欢聚会此年多。

同僚同好旧朋侣，卅载相从笑语和。

逢秋别友

长亭欲别正秋风，怅饮渡头斜照红。

八月浮槎云水阔，千林爽籁暮烟空。

河梁分袂怀知己，胥吏时交认弟兄。

数十年间多少事，朝朝相忆客途中。

庚子春京中寄书东兄二首

一

交情似水分犹深，相契相投识朗襟。

愧我辛勤谋短拙，羡君磨琢句长新。

仲昆聚合无多日，帝里匆忙又换春。

庚子待寻东极去，踏歌江上共罍尊。

二

东风送暖物华新，造访乌苏复一春。

紫禁城中无旧侣，黑龙江畔有知音。

流萍千里君思我，搜句三更我念君。

多少年华多少忆，只在悠悠梦里寻。

忆去年佳木斯有聚魏兄

曾聚戊戌花月天，音容一笑又经年。

天光荡荡云川外，和气融融松水边。

况味诗书闲处得，情怀歌酒醉时宽。

新编完就真堪喜，期与仁兄细细谈。

在京喜逢友人

知交隐隐叹飘零，邂逅京门喜复惊。

别恨悠悠诗遣去，离愁漠漠酒浇平。

关心诸事难乖顺，无力分身自苦撑。

三十年来离索意，今宵只向故人倾。

和文朝会长诗

庆霖弟好！昨天晚上才看到何运春发在诗国朋友圈几百人同和文朝将军的诗。方才试着写一首，先发给您，请指正。

寒釭清夜伴吟身，熟读前窗月一轮。

握管不曾充墨客，缀编甘做弄潮人。

赓酬久盼群英会，岁序重回斗柄春。

欣有东风凭借力，骚坛丕业画图新。

重阳节前江上雅聚

喜傍闲亭一径幽，清觞何处散羁愁。

与人青眼同欢会，搜句寒灯独怅游。

柳树岛中醒醉梦，松花江畔豁吟眸。

无多几日重阳至，遍插茱萸好唱酬。

己亥元宵节有寄魏兄

身似浮萍滞帝京，思亲怀远两难凭。

关河漫漫迷乡国，烟水迢迢隔友朋。

客里逢春犹惜别，案边搜句欲传情。

万家灯火元宵夜，遥与兄台共月明。

忆往事

廿春走马未收缰，千里驱驰道路长。

闽省暂留登鹭岛，京门久住忆龙江。

临书壮岁思毫翰，著鬓流年染雪霜。

勿叹吾身与世窘，一杯沽饮答年光。

六十二岁生日

匆匆正月尽，诞日伴龙游。

虽得编书趣，且添羁旅愁。

在京思老友，归里寄扁舟。

名利非吾想，当为万卷谋。

戊戌初秋去鲁归来作

雨后新凉着意添，行吟雅境放情宽。

杯长有酒不如醉，事到无心即是仙。

满目江山今古迹，千帆云水利名船。

青云直上非吾匹，高卧芸窗自在眠。

丙申秋巴彦老家拜亲访友

秋风松水叶残初,切切归心入暮途。

游子黄尘思故土,慈亲白发扫庭除。

有情诗句能言志,无分功名何所图。

千里行吟装满箧,一壶老酒骨筋舒。

戊戌秋寄友人

长皋木落雁行初,羁泊逢秋意未如。

有兴举杯乡思重,无心赏菊客情疏。

风尘漠漠随时序,天地悠悠在旅途。

赖有多年佳伴侣,新诗赓唱不曾孤。

己亥除夜

守夜良宵乐正咍,钟声彻响岁新开。

儿孙绕膝祈余福,疾患缠身乞压灾。

岁月光阴轮转去,神机造化一时来。

明朝定有春花放,宜咏诗华到璧台。

读诗学书感悟

诗笔乖争品位高，劝君勿枉费徒劳。

春秋共仰孔丘圣，今古谁能李杜豪。

墨法难摩羲献意，骚坛那得宋唐超。

云梯天汉千千丈，平步何曾到我曹。

退休十五年有感而作

扶摇青汉已无缘，身似鹪鹩一秒安。

冷暖人情危处见，纷纭世事静中看。

蝶飞花圃春光晓，鹤唳松标月色寒。

笔底烟云杯里酒，尘冠高挂不须弹。

己亥初秋去平谷农家游记

百里京畿入望收，嚣尘涤去眼波柔。

洗开宿雨重重瘴，卷出晴云淡淡秋。

紫李粉桃丰欲坠，青山绿水幸来游。

旅怀莫讶消光景，光景偏生些许愁。

戊戌夏末与友香山饮

情怀半老倦登临,我欲凭高试一吟。

笔下虽难裁锦绣,酒来方可长精神。

身居京国思乡国,人在林岑念故岑。

矗立香炉峰顶望,无垠天地爽幽襟。

庚子春有寄铁男

心似童孩鬓似翁,江湖身世偶然同。

有逢帝里才经岁,却望家山隔数重。

壮岁丁胥同苦乐,此时道路各西东。

醉来不问尘边事,白发飘萧又满盅。

丁酉春松花江上游船聚友

载酒朋俦江上欢,临风醉我欲成仙。

百年海内骚人眼,一钓浪中松水船。

草色绵绵汀渚远,花光灿灿燕鸥旋。

丹青倘可描时景,墨彩也须酣后研。

宅家辑诗稿有怀于武汉疫情二首

一

瘟疫袭来惊胆寒，一时肆虐楚城关。
生灵数万遭涂炭，病患千余赴壤泉。
鹦鹉洲头空有泪，汉阳树下已无欢。
救危须赞白衣使，又为中华撑起天。

二

疫情突发溯根源，感染由来病毒传。
荆楚无辜成梦魇，庶民有难乞身安。
不期众患临危境，只待三军挽巨澜。
冠状狂魔除却日，凯歌同奏舜尧天。

庚子正月吕梁松作于梦龙斋

戊戌九日后病愈出院有作

旅迹迢迢岁计空，光阴迅驶叹途穷。
自知白发非时用，依旧黄花向客浓。
形质病来犹乏累，情怀老去只乖慵。
生涯回首多淹滞，一笑功名逝水中。

己亥九日

一从壮岁走天涯,每入重阳客念家。

肯让满头生白发,不如把酒醉黄花。

梦中脱口叨诗句,愁里惊心送物华。

寂寂温榆河①畔路,凄风寒柳夕阳斜。

【注】

① 温榆河,位于北京市北部,发源于昌平区军都山麓,通过多条支流后汇入通州区通惠河口上游北运河北关洪枢纽,始为北运河。全长47.5公里。

庚子春节前送程力张丽夫妇从北京返乡

古今聚散两难全,又是临歧一怅然。

思念将随车辙远,乡音且待视频传。

莫辞酒盏此番醉,况是人生在处欢。

正值此时逢岁晏,家常菜里忆当年。

庚子俊敏生日有寄二首

一

携手文场鬓尚青，白头倏觉梦魂惊。
同庚同月生逢几，此日此时新岁更。
君徙京华辞旧里，我摊书卷守青灯。
升沉离合寻常事，终不区区求利名。

二

思君几度欲皤头，穷达人生曲似钩。
谁可细论同把酒，惟应高致上层楼。
已从功力诗中显，渐向锋芒笔底收。
捧读啸龙书一卷，珠玑满纸夺风流。

戊戌秋佳木斯聚会张德文兄弟二首

一

漫漫羁路费吟哦，常念当年旧酒窠。
数载江湖知己少，一朝离别感思多。
青云君已抟云翼，白发吾甘伴钓蓑。
故地重逢当小饮，欢娱今夜又而何。

二

故水松花久极名,还乡我亦二毛增。
客心千里惊寒雁,归梦五更叹转萍。
广袤田畴难再有,奇观风景易牵情。
数年驰骋当休马。不枉家园乐此生。

光 阴

光阴迅晷只频惊,伏案灯前又暮更。
已付年华诗酒乐,遂将文圃浅深耕。
利名身外惟无念,儿女心中自有情。
六十已过身未歇,老松归续岁寒盟。

访 旧

四十星周一转蓬,重来访旧话萍踪。
浮云苍狗年光里,古木寒鸦夕照中。
离别死生交契在,悲欢聚散转头空。
唯余赓唱今犹记,只惜皆成白发翁。

九日诗

黄花丹叶一时新,西岭来登聚所亲。
野色云烟岑外眼,秋声风雨客中身。
悠长诗味千年兴,潋滟杯觞满座欣。
白首襟期当顾念。岁月匆忙不待人。

观泊远兄诗书感赋

又见龙蛇起,绝非浪得名。
笔挥磅礴气,句蕴弟兄情。
今古多才彦,风流数故城。
诗书谁可仰,东极有豪英。

乙未夏日游佳木斯、伊春

沃壤无垠入极边,长天万里白云闲。
江连同抚[①]无穷水,岭绕伊城[②]不尽山。
原始林中听万籁,松花江畔看千帆。
宜将心地融佳赏,兴入夕阳不忍还。

【注】
① 同抚:指黑龙江省同江市和抚远市。
② 伊城:指黑龙江省伊春市。

丙申四月病中寄故乡诸友六首

一

十年酬唱送流光，遥想诗华可满囊。

塞上汝曹双俊彦，京中我只一毫芒。

书编百帙同伙伴，墨润千张共日长。

自笑客身无羁束，人生随处得徜徉。

二

星驰霜度二毛添，向夜无眠忆故山。

半世蹉跎因酒去，平生奔走为诗耽。

但知利禄浑无分，始觉文场别有欢。

千帙辑成还旧里，小斋独伴白云闲。

三

一年春事落花休，喟叹光阴逝若流。

病里孤怀嗟我倦，枕边幽梦伴君游。

暂凭顷刻吟哦兴，来解片时散乱愁。

岁月堪悲真老矣，倘能长醉已无求。

四

握别江皋天一方，每思故水黯神伤。
常因遣闷催诗愤，更为排忧放酒狂。
渐觉老来时节速，那知梦里客途长。
不如一钓沧浪去，从此撇开无底忙。

五

漂泊江湖寄此身，几回醉里叹离群。
江皋水远君思我，燕岭山遥我忆君。
行路艰时情落拓，旧游别后感知音。
枕寒难就京华梦，空负流光十四春。

六

君在家园我在京，吟哦终不慰平生。
回乡畅叙犹倾旧，对酒交欢足涕零。
千里松花频入梦，一声兄弟总关情。
征帆无畏风波恶，骇浪前头起旆旌。

读庆霖诗有感二首

一

夜半读篇什,巍然一座山。

珠峰无可比,俗子岂能攀。

诗腹容天阔,酒肠抵海宽。

识君真一幸,岁记丙申年。

二

细读百章意使然,小厨夜醉未成眠。

五更不舍珠玑卷,千里来寻兄弟缘。

恨我笔端无锦绣,羡君胸次有湖山。

几回忆着前番饮,始信吟场有谪仙。

乡 思

一夜西风飒飒凉,隐看丛菊泛初黄。

老槐枝瘦挂疏月,残雨衾寒念故乡。

客里难忘江海志,年来犹厌利名场。

牵魂最是家山忆,十里金风稻菽香。

寄友人

早识京门客履艰,羁游无奈驻征骖。

几回念远驰心魄,终日思归振羽翰。

残月五更衾榻冷,他乡数载影只单。

故人何日江干饮,醉卧松花一解颜。

癸巳中秋节前寄赵宁先生

重把故人酒,绵绵意味长。

数年京里走,终日卷头忙。

久废腰间剑,空留鬓角霜。

思君常对月,翘首向龙江。

春至所思

运河堤岸柳垂烟,迢递乡心怯杜鹃。

岁岁好花春不减,星星白发岁来添。

良朋佳景非偶遇,浊酒清诗俱可欢。

渴盼辑成归梓里,闲吟闲坐伴闲眠。

葫芦岛同学会五律一首

重聚葫芦岛，同游俱尽欢。

酒凭胸有斗，情借海无边。

易览湖山胜，难留岁月迁。

临歧愁又起，嘉会更何年。

丙申冬至聚友

适逢冬至日，北味聚乡昆。

身在京门久，梦回故水频。

爱编忙里趣，好饮醉中欣。

不问红尘事，白头乐不禁。

丁酉二月二日生日三首

一

得占人间岁岁春，骎骎五十九年身。

濡毫落纸形还妙，推仄敲平意可真。

已就蓝图呈画卷，旋斟嘉酝抖精神。

流金岁月从容度，踏遍青山别有村。

二

又见东风拂柳津，京中光景一时新。

忘怀诗酒谪仙趣，入眼龙蛇醉素真。

着地春工疑似画，炫天霞彩幻如神。

但能世事随心意，乐在桃源深处村。

三

六十年光欠二春，依然未泯起初心。

一方古砚磨情致，几句新诗写率真。

月下缀编灯给力，案间挥管字融神。

红尘扰扰家何在，家在松花碧水村。

在京十五年感怀

人生碌碌欲何求，十五光阴客异州①。

诗酒品来殊可喜，山林老去足堪忧。

孤怀岁月留乡梦，匹马征途忆旧游。

唯有松花江上月，清辉送我棹扁舟。

【注】

① 异州，指通州，在这里生活已经十五个年头了。

京城迎春花开放

千般红紫竟芳馨,丛丛簇簇爱煞人。

冻解花梢春助力,暖生风候柳传神。

畦葩幽径真宜趣,笔砚闲窗不染尘。

时序又开新岁景,吾侪能不放怀吟。

春日佳木斯访友二首

一

烟波渺渺雨初收,三月轻舟泛碧流。

访旧来寻松水渡,携壶去饮望江楼。

醉题幽径花间榭,闲憩东风柳外洲。

绿战红酣春不减,芳菲莫负一年休。

二

离别时难见亦难,相逢置腹足言欢。

襟怀落落存高谊,笑语欣欣忆故山。

笔下行云因墨醉,鬓边生雪为诗耽。

松花江畔同回首,数十年间共苦甘。

回佳木斯借宿哈尔滨别墅

一棹扁舟碧水间,思君遥在白云边。

春深绿野花光好,夜午琼楼月照寒。

体弱自怜难对酒,灯明犹喜可修编。

近乡情致千般好,牵手亲知笑语欢。

旅怀忆旧游并寄佳毅①

年来绿鬓比秋蒿,芳草旧游路正遥。

去国已嗟孤棹远,离怀况复野风高。

梦回榆塞空余恨,吟断京关不自寥。

更上层楼东北望,乡愁一缕倍萧骚。

【注】

① 佳毅,即张佳毅,在佳木斯市政府机关工作。系作者好友。

二〇一一年五月二十三日

再访抚远拜会福东兄弟

久思东极会贤良,数载劳奔未及尝。

欠一六旬犹强健,难双百拙但吟狂。

晓来日上观霞彩,晚去江头赏月光。

好是仲昆亲约定,不辞千里品鱼香。

时隔两年后又回佳木斯

青铜揽照鬓毛衰,三月欣逢柳眼开。
羁客逢春愁欲减,故园隔岭梦难回。
京中胜赏宽吟思,塞上河山入壮怀。
东极连年归未得,今朝如约得归来。

松花江北岸会友

交游旧德未曾忘,久住京华别绪长。
北阙有人留墨迹,东流无事送苍江。
已怜多病翻书懒,还喜知音煮酒香。
一叶小舟松水渡,菱花客棹送斜阳。

夜饮松花江上

松花江上景依然,灯火阑珊无尽欢。
斟满一杯酬旧故,笑看双鬓换流年。
人间已是三春暮,塞上还余午夜寒。
明日不知何处泊,五湖羁旅路漫漫。

秋日松花江畔随想二首

一

节物又更一岁秋，西风吹袂冷飕飕。
颓颜常恐随年变，落叶堪悲逐水流。
自别江头嗟滞久，相看故眼叹淹留。
长堤十里松花老，月映清波照客愁。

二

家山家水又重游，古木苍烟落叶秋。
岁月星霜催客老，江湖衾枕动乡愁。
喜逢故旧开青眼，苦对别离说白头。
节物堪惊时一换，匆匆都付水东流。

乙未初春佳木斯抒情

一夜雨过松水滨，无边草木喜欣欣。
莺声宛转招呼伴，柳幄婆娑管领春。
诗共骚人随意咏，酒同良友尽情斟。
何时一展经纶手，挥写澄怀万里心。

读《啸龙阁文韵》有感

读君佳什一篇篇,无斧凿痕意自然。

风月有怀堪共赏,杯觞无计但同传。

拙诗似我真当愧,秀笔如君实可餐。

他日都门求一会,来把吟哦向故山。

春夏之交佳木斯会友

一路驱车向大荒,岭遥水远下三江。

无心山鸟关关语,有意林花簇簇香。

谈笑欢欣忘世味,杯盘丰盛尽家常。

偷闲安得归乡里,手把金樽醉夕阳。

佳木斯访友

奔劳都邑几经春,但觉归来鬓似银。

世事艰难尝已遍,交情平淡久弥珍。

安居虽去通州府,相约还来松水滨。

满眼湖山朋旧在,家常菜里品温馨。

佳木斯友人会所雅聚

煦煦东风草木萌，堤边细柳已闻莺。

山翠花香皆适意，人心乡味俱传情。

笑谈今日春光好，劳逸经年晚色明。

最欣故旧多才俊，泼墨吟诗举座惊。

佳木斯松花江北岸与朋游

沧浪身世更何求，江海茫茫一钓舟。

欲洗尘衣乡里水，来寻吟锡柳边洲。

相逢共我衔杯酒，邂逅和君说旅愁。

岁月难留人易老，此身堪叹已归休。

运河源头寄泊远

一

似水年华何处寻，花红草碧又芳春。

任君大笔书魂魄，顾我小诗写本真。

客路驱驰增白发，交情长久忆青襟。

骎骎舟楫乘流下，来把心扉向弟昆。

二

人生有秩学无涯,堪惜光阴入晚霞。

灯下清诗常记友,枕边幽梦不离家。

赏余泊远新书迹,见惯都门好物华。

一握江头经数载,别情无限忆松花。

丁酉秋到猴石山

驻轮猴石前,又见五花山。

松翠高千尺,榛红火一川。

风生云出岫,田熟豆盈阡。

好个秋光景,欣来远足看。

2018春节致友二首

一

匆匆寒腊尽,复始一年春。

玉犬旺庭户,金鸡佑主人。

唱酬多雅趣,互往见纯真。

得友三生幸,胜过十万金。

二

流年随水逝，转眼又经春。

额上添新皱，梦中忆故人。

不求诗浪漫，但愿酒天真。

回溯平生事，一诚值万金。

步万臣兄《龙抬头》原玉

万臣兄好！近日吾在编书较多，甚忙，加之贪饮，少有余遐。适逢生日，拜读贤兄贺诗，如春风入怀。方才放下酒杯，敬和一首，以示谢忱。

春风二月入时来，喜有君诗到玉台。

回想当年肝胆契，何论今岁栋梁材。

此时吟兴容吾和，他日酡颜为汝开。

切盼乡间重见后，故人把臂释情怀。

附：吕万臣同窗原诗

龙抬头

祝文友、泽深二同学寿诞

乍暖回寒喜渐来，冰消雪化瑞登台。

龙腾苍海泽深远，虎踞高山松柏材。

祝寿欣逢正月过，举杯痛饮九江开。

蟠桃圣宴谁曾见，只愿诗情入满怀。

戊戌二月二生日

一

倏忽已过花甲年，此生不受利名缠。

清谈旧日思佳侣，白发归来忆故川。

虽觉闲身终付老，每逢遐日一贪欢。

征衣欲洗龙江水，兰棹何时送我还。

二

乌兔往来年复年，客身总被旅愁缠。

已难情致追芳野，遂把诗吟向故川。

忙处简编深夜缀，乐时耽饮纵情欢。

归田惭我无锥地，乡梦每从醉里还。

三

拂袂东风一快哉，更欣青帝送春来。

激情翰墨随心写，乘兴吟哦任意裁。

凡事每由天照护，平生尽得酒安排。

瞬间六十年光远，追昔抚今皆畅怀。

记于戊戌年二月初一晚

寄友人

早岁那知客履艰，羁游无奈驻征骖。

几回念远驰心魄，终日思归振羽翰。

残月五更衾榻冷，他乡数载影只单。

故人何日江干饮，醉卧松花一解颜。

和马凯副总理诗
《五律·致雅集诗友》

二〇一四年四月十八日应邀到恭王府参加"海棠雅集",读马凯副总理"五律·致雅集诗友"诗,步其韵奉和。

西府海棠好,妖娆百媚生。

红云披蜀锦,绛雪舞春风。

敲韵和情纵,举杯共月升。

放怀吟盛世,筑梦吐心声。

附:马凯副总理原诗

五律·致雅集诗友

王府悬明月,海棠催赋生。

引吭听润雨,落笔遣东风。

得句随情溢,和诗逐兴升。

清醇人自醉,天籁共心声。

咏春风并步马凯副总理
《雪日读书有感》二首

一

融了残冬雪,拂枝又报春。

山川知物理,草木见精神。

涂翠染深岭,铺红入远村。

欣欣佳气满,胜引醉游人。

二

料峭寒吹尽,初萌帝里春。

一元开节序,万象始精神。

扑面梨园雪,畅怀柳苑村。

东君无限意,来此伴骚人。

二〇一四年四月二十日

附:马凯副总理原诗

雪日读书有感

踏雪独开路,约梅共探春。

寒风添傲骨,飞絮长精神。

几度曾无径,豁然又一村。

但闻香细语,醉了觅花人。

酒 歌

一醉无求不羡仙,豪情万丈在云天。

九霄揽月银河饮,斗酒倾肠碧海干。

笔走龙蛇腾画卷,怀藏珠玉入诗篇。

飞觞尽享其间乐,任我忘形舞大千。

二〇一一年八月二十三日

佳木斯返京乘车一日

秋风一路向京东,锦绣江山放眼中。

池稻才黄初灿灿,岭枫犹绿尚葱葱。

乍消酒气思乡远,已沐夕阳惜韵穷。

弯月一钩天幕上,车声入枕正朦胧。

二〇一一年九月七日

附:魏律民先生原诗

七律·致梁松君

经济洪潮日月新,诗坛可叹剩何人。

梁松不舍离文苑,翰墨依然凤角陈。

劳体苦心担大任,摘星揽月塑雄魂。

集成书稿逾千卷,国粹传承一瞥春。

再和魏律民先生并致俊敏君

一自当年结友新,于今吟和伴三人①。

故交不舍情依旧,往事难寻迹已陈。

紫陌红尘常绕梦,白山黑水总牵魂。

别来相忆知何处,最爱松江浩荡春。

【注】

① 三人,指作者本人和魏律民先生、于俊敏先生。三人为唱和诗友。

二〇一一年一月十五日

在京寄魏律民先生并和《辛卯元旦赠梁松》

欣闻大雅音,东极一枝春。

诗寄乾坤志,文牵日月魂。

浩歌凭汝唱,盛世向天吟。

一展鲲鹏翼,乘风好驾云。

二〇一一年二月三日

贺《中华诗词集成》组稿，再和魏律民先生《辛卯元旦赠梁松》

诗苑有佳音，欣逢一岁春。

宏篇彰气魄，华藻蕴灵魂。

笔底开心润，潮头放胆吟。

山河无限意，何去步青云！

二〇一一年二月三日

附：魏律民先生原诗

辛卯元旦赠梁松（新韵）

唱和向知音，梅红又抱春。

襟怀开韵略，肝胆耀诗魂。

宏鼎凭君举，欢心任我吟。

流霞何未饮，贺你上青云。

登泰山

东岳高千仞，晴光映远岑。

才攀苔石磴，又摘岱宗云。

仰首瞻天阔，低眉俯壑深。

先贤题字处，松老抱龙鳞。

二〇一一年二月二十七日

春思寄友

松江多秀色，塞上暖风吹。

花自心头放，春从眼底归。

濡毫涂重彩，把盏试新醅。

千里思君切，云笺和梦回。

二〇一一年三月三十日

春　盼

池花初捧蕾，堤柳欲伸枝。

冰雪消融日，春风荡漾时。

河山千古墨，日月一行诗。

岁岁芳菲绿，赖凭雨露滋。

二〇一一年三月三十日

春日游大运河森林公园

长堤又见柳毵毵，花满前蹊绿满川。

眼里湖山乘兴赏，壶中日月尽情欢。

微雕巧塑琳琅阁，宏构精编锦绣园。

曲径幽深听鸟唱，流连仙苑已忘还。

二〇一一年三月三十一日

辛卯清明巴彦、呼兰同学聚会有感二首

一

人生如可忆？最忆是同窗。

聚合光阴少，别离岁月长。

客途多梦寐，人事几沧桑。

相隔千山远，重逢泪满裳。

二

卅载悠悠昨已非，吾侪依旧壮心违。

当年暑至人初别，今日春回客始归。

驿马层峦披翠羽，少陵细浪捧芳醑。

从来书剑男儿事，莫待夕阳霜鬓催。

二〇一一年四月五日

放帆千岛湖

四月江南春已酣,朋俦来挂赏湖帆。

京中常叹新知少,舟上犹惊野水宽。

放眼乍看峰逐浪,回眸又见雾还山。

一泓翠碧观无际,人在神仙境里边。

二〇一一年四月二十三日

赞魏律民君①

早岁识君八斗才,一支笔秀冠同侪。

宦途曾步青云上,门第常萦紫气来。

日月韬光明盛德,林泉逸韵隐高怀。

唯兄纵我吟哦兴,共育诗葩烂漫开。

【注】

① 魏律民先生,曾任佳木斯市郊区区委副书记、区政协主席。也是作者亦师亦友的兄长。

二〇一一年六月五日

秋日归思并寄树波[①]

西风天地昏，落叶坠纷纷。

寒夜离人梦，残秋倦客心。

故人何日见，乡酒几时斟。

念远心犹切，欲归不待春。

【注】

① 树波，指姜树波。时任佳木斯市政府研究室副主任，现任佳木斯市商务局副局长。

二〇一一年十月

癸巳秋寄魏君

魏公沉默久，大隐足高风。

隔岁诗难续，连年信不通。

心随东去水，眼望北来鸿。

朝暮怀思甚，问君与我同？

二〇一三年十月

秋日故乡感旧并寄文利、淑红①

迢递乡关路，重逢感旧游。

花残不吐蕊，木落已生秋。

京邑十年客，江湖一叶舟。

浊醪须尽饮，放醉解离愁。

【注】

① 文利，即宋文利；淑红，即葛淑红。他们都在佳木斯市政府机关工作。系作者好友。

二〇一三年十月

返京寄庆海①弟

寂寂枫林晚，秋深落晓霜。

众芳初坠粉，丛菊乍凝黄。

月冷龙江远，宵寒客梦长。

何时闲草马，重举故人觞。

【注】

① 庆海，秦庆海。时任佳木斯市粮食局局长。系作者好友。

二〇一三年十月

书　愤

霜冷秋风劲，露寒夜作凉。

挑灯耕北斗，揽月嵌南窗。

字种千行远，诗收万卷长。

寸阴当足惜，日月岂能荒？

二○一三年十一月一日

闲　愁

花残白藕暑炎收，我欲凭高一上楼。

淅沥蒹葭天水晚，高低禾黍露风秋。

驹驰岁月诗和酒，客老京关怅与忧。

消却光阴唯有酒，闲愁勿使到眉头。

初冬夜有怀魏君

旧交犹未少，吟和独钟君。

日月精华笔，乾坤毓秀人。

琼章流逸韵，丽藻溢清芬。

一别经年久，何时送雅音？

二○一三年十二月

贺贤侄金榜题名

上元节置酒中，闻李衡贤侄在美国以近于满分的成绩考取世界一流学府宾夕法尼亚大学时欣喜而作。

喜讯忽传美利坚，万家灯火俱欢颜。

长青藤上花如锦，白玉杯中酒正宽。

满腹菁华荣故里，一身才气慰椿萱。

少年游学真豪迈，揭榜敢为天下先。

由北京去佳木斯途经哈尔滨时作

千里疾车远，西山落晚霞。

风寒天欲雪，日暮树栖鸦。

久客身如梦，羁人驿是家。

悄然春已近，流水送年华。

二〇一三年初

乘豪华游轮夜游吴淞口

一九九七年夏,申城傍晚格外美丽,外滩秀色迷人,我与同事乘上前往吴淞口的豪华游轮,浦江微风习习,两岸霓虹闪烁,置身其中,如入仙境。

游轮之上夜斑斓,耀眼霓虹两岸观。

黄浦奔波涛入海,吴淞浩淼水连天。

消闲雅趣论茶艺,曼舞轻歌动管弦。

此景何曾天上有,游人沉醉乐流连。

毕业二十年同学会十三首(其一)

夜 饮

归去归来归却迟,同窗聚会仲秋时。

愧无功禄名乡里,幸有诗书慰故知。

榼盏高擎豪纵酒,骚人兴致醉吟诗。

平生几此癫狂夜,岂怕诸君笑我痴。

秋日胆囊手术后感怀

晚秋天气日添凉，术后医疗滞异乡。
阵阵冷风飘败叶，绵绵淫雨结轻霜。
门前绿柳仍含翠，苑上青杨已泛黄。
愁绪一怀难自己，创痕隐隐尽哀伤。

悼姜超①君二首

一

忆君满眼泪潸潸，似别音容不日间。
雨夜风狂折碧树，朋侪泪泣祭英年。
寒窗共读存知己，彩笔同书誉学园。
最痛黄泉人已去，泪花伴酒倍凄然。

二

天灾人祸本无常，噩耗来时皆恸伤。
壮志未酬人有恨，雄心虽泯墨留香。
悲怜地下孤魂泪，痛悔人间挚友肠。
空落此心无所寄，诗成二首吊同窗。

【注】

① 姜超，作者同窗好友，有文才，擅书法，英年早逝。

学友聚会抒怀

无情岁月太匆匆,廿载相邀会故城。

共忆寒窗思往事,同斟玉液话离情。

观游驿马融佳景,歌放华堂动小城。

只是人来人又去,天涯何处寄浮生。

醉 酒

病愈后初饮酒,醉后作。

数日无醉难挨,今番把酒筵开。

山珍野味尽有,旧故新知都来。

换盏推杯狂饮,吟诗诵赋畅怀。

飘然误入仙境,梦醒方始归来。

二〇〇〇年十一月

贺2004雅典奥运会110米栏刘翔夺金三首

一

重磅金牌耀国邦,九州盛誉赞刘翔。

数回比赛难高下,一日搏拼分短长。

雅典扬威惊世界,国歌彻响奏华章。

跨栏竞技终为主,铁血男儿气自强。

二

所向披靡谁最强？千军一扫数刘翔。

白肤王子休骄横，黑色旋风莫叫狂。

一举功名成雅典，百年奥运记炎黄。

英雄自有英雄气，零八夺金途更长。

三

决赛场中飙正狂，巨人崛起看刘翔。

少年英洒雄姿爽，骁将神威气势扬。

勇夺金牌偿祖国，纵流热泪告爷娘。

中华骄子多豪迈，奋翩乘风万里航。

农舍午餐（新韵）

正午田园饭，农家风味多。

烀蒸茄谷薯，炖炒鸭鸡鹅。

鲜嫩湖中鲤，味香山上蘑。

此杯如不醉，失我好人格。

贺好友生日

应是前缘已注成,弟昆相约此时生。

奇逢天子生辰共,巧遇耶稣圣诞同。

贺寿佳肴千样美,生辰灯火百般明。

杯杯酒尽情无尽,曼舞轻歌一纵情。

冬日桦南会友

醉卧桦南曾几多,今朝把酒又成模。

只缘此地多昆仲,却是他乡少笠蓑。

百里天寒冰股骨,一杯酒暖热心窝。

古来谁不思乡土,为取功名闯浪波。

二〇〇四年十二月

寄 怀

少有冲天志,恨无羽翼翔。

已为庄稼汉,又做读书郎。

发愤学贤圣,辛勤垦大荒。

文兴前路远,励志振吾邦。

二〇〇四年十二月

新春前夕致友

五载流光倏忽去,犹如弹指一挥间。

华年励志龙江畔,壮岁功成黄海边。

齐鲁搏拼惊泰岳,神州叱咤动云天。

摩天大厦起平地,快马当须再着鞭。

二〇〇四年十二月

感叹伊战(新韵)

哀叹伊拉克,连年战火飞。

野嚎天地暗,国破鬼神悲。

血水流成海,尸骸摞满堆。

美英侵略者,心比碳还黑。

二〇〇四年十二月二十八日

和于俊敏先生《北国冬韵》

  隆冬时节，先生将《北国冬韵》用短信发与我，读后赞叹不已，时时咏诵。2005年元旦后，回江城佳木斯，观"松花江冰雪大世界"，为风格、情调各异的冰雕雪塑所陶醉，欣然落笔，步先生《北国冬韵》韵奉和一首。

  巍然壁立大江边，玉树银花北国园。

  雪塑楼台生画意，冰雕栋宇得天然。

  青松枝上松涛吼，白玉宫中玉女娴。

  绝色风光观不尽，击风斗雪乐其间。

附：于俊敏先生原诗

北国冬韵

  雾凇绽放松江边，银彩婀娜北国园。

  冲浪雪海尝天趣，滑翔冰晶享自然。

  风刀巧镂雄狮吼，玉手奇妆淑女娴。

  披波冬泳惊三九，淡抹霜花醉人间。

贺孙牧嘉明、潘卓新婚之喜

一

彩灯辉映耀华堂，龙凤佳成比翼双。

妩媚娇柔豪第女，英姿俊洒望门郎。

芝兰百世乾坤久，鱼水千年日月长。

同步金光洪福殿，知恩勿忘孝爷娘。

二

豪俊光临大自然①，新婚盛典史无前。

纵弹爱乐交欢曲，喷涌香槟开笑颜。

永世手牵佳伴侣，百年蒂并好姻缘。

喜筵美酒人无醉，灯火长明夜不眠。

【注】

① 大自然，酒店名。

二〇〇五年一月九日

春来紫禁城

东风送暖溢生机,紫禁逢春景色宜。

灿烂光和花艳艳,霏微雨润草萋萋。

伸枝翠柳枝才茂,展叶青杨叶未齐。

碧瓦红墙幽静处,车窗摇落听莺啼。

二〇〇八年三月二十三日

读魏律民先生《塞外春盼》又和

诗若春芽待雨机,我吟君和两相宜。

凌云才笔君独落,出水芙蓉尘不栖。

论墨本来应我趣,谈诗非敢与君齐。

三篇品罢存高妙,紫禁奎章只笑题。

附：魏律民先生原诗

塞外春盼和《春来紫禁城》

一

刚刚见柳露生机，野外游春尚不宜。
切盼黄花舞蝶日，长思绿水弄舟期。
随心一梦知音至，尽意千杯旧雨齐。
醉到朝霞人不醒，同床呓语吵诗题。

二

杨柳新芽盼雨机，浓云送信喜相宜。
大江冰盖随流去，小岛滩头待雁栖。
不怨山城花太晚，只愁翰墨友难齐。
倘若紫禁奎章到，胜过十春百鸟啼。

三

逢春不可错良机，万物复苏谁不宜？
旧燕衔泥垒新穴，白杨润雨换青衣。
梁松寄语遒章劲，老朽惊魂哪日齐。
忙趁风和凑浊句，儒贤遣闷笑乌啼。

同贺五十岁生日致俊敏三首

一

最欣生月与君同,喜得春晖草木萌。

岸柳抽芽藏画意,池花捧蕾蕴诗情。

书唯俊秀当阿敏,酒独风骚数一农。

五十怡然携手度,歌吟墨舞醉春风。

二

戊戌龙月降凡尘,戊子悠悠五十春。

世味浮云心渐远,情交寒柏日弥深。

妻贤子孝平生福,笔健诗华半世辛。

利禄功名如粪土,岁知天命放怀吟。

三

诗芳露润静无尘,同和同歌二月春。

莫笑仄平功底浅,应知昆仲本根深。

好章好句流清韵,浮利浮名费苦辛。

怅恨客京多濩落,梦中长向北疆吟。

二〇〇八年三月

附：于俊敏先生原诗

《同贺五十生日》和梁松先生

一

幸于华诞月年同，喜在归春惬意中。

好似神合因翰墨，趣投愫笃赖文情。

学书兄引启阿敏，作赋弟随摹一农。

天命时来乘暖旭，吾侪龙马踏东风。

二

潇湘问世面红尘，知命经临北国春。

安水流年垂梦远，七峰烘月弱思深。

笔耕无愧芝麻福，墨种有为豆瓣辛。

子孝妻贤慈父健，阖欢新阁举杯吟。

贺俊敏君生日

北疆杨柳孕新芽，帝阙已开万树花。

共我咏春情有寄，与君弄墨乐无涯。

清吟寒暑诗林秀，逸韵春秋翰苑华。

千里同欢五十诞，清樽绿蚁醉红颊。

二〇〇八年四月三日

戊子中秋寄文举①并有感于《中秋日怀友》

忆君每自伤，又见菊花黄。

梦里家山远，池中翰墨香。

珠玉诗千卷，松醪酒一觞。

遥望中秋月，无语寄龙江。

【注】

① 文举，指方文举。系作者书友。

二〇〇八年九月十四日

附：方文举先生原诗

中秋日怀友

又值中秋夜，倍感友朋亲。

情润二十载，离分五序春。

执酒每思友，望月总念君。

寄得素笺字，照我皎皎心。

京城咏桥

最多不过北京桥,棋布星罗一望遥。

霓彩映辉天桥远,花开竞艳帝城娇。

纵横南北高低汇,错落东西上下交。

宛若仙人工笔就,京华装点尽妖娆。

二〇〇五年十月五日

春节佳木斯别魏、于二君三首(同韵)

一

人生常聚亦长分,何必别离浐泪痕。

烈士壮怀凭剑胆,丈夫纳海入金樽。

纸间泼墨掀波浪,醉里吟诗绕彩云。

揽月九天应谁属?太平盛世著雄文。

二

诗华词丽见清芬,砚底毫端浸墨痕。

应把盛情酬盛世,且将芳酿满芳樽。

苍茫郊外龙江雪,缥缈天边塞北云。

此景此情君莫忘,条条短信喜来文。

三

松水京门会又分,新春一去了无痕。

别离长系人千里,聚散难辞酒一樽。

身外犹飘边塞雪,梦中仍绕故山云。

暂凭毫翰诗书寄,己丑春回再论文。

二〇〇八年正月十六

感魏律民先生诗《贺梁松生辰》并和

分袂湖山远,朝朝每忆君。

满舫斟皓月,一曲绕彤云。

鸿业千秋盛,乾坤永日新。

哦吟常在口,谁道不青春!

二〇〇九年三月

附:魏律民先生原诗

贺梁松生辰

龙又抬头日,躬身赞吕君。

赋诗生梦鸟,挥笔吐风云。

事业乾坤阔,前程锦绣新。

松凭久长绿,何日不青春?

和魏律民先生《早春抒怀》二首

一

新雨甘甜入酒樽，一时佳赏正逢春。

飞觞尽显英雄气，落笔常怀锦绣心。

畦里花红才艳艳，陌头草碧自欣欣。

放情吟咏堪豪迈，曲曲浩歌绕绮云。

二

情满诗囊酒满樽，一年光景在阳春。

神融笔畅书豪魄，剑舞虹浮激壮心。

细雨润花花灿灿，暄风染柳柳欣欣。

鲲鹏振翼丹霄上，送我诗怀到白云。

二〇〇九年三月

附：魏律民先生原诗

早春抒怀

雪化冰融酒入樽，一怀温暖待新春。

寄情落落吟三友，握管悠悠写寸心。

虽爱今朝风脉脉，更期明日柳欣欣。

归鸿奋展双飞翼，借得高天好驾云。

初秋寄文学①兄

帝里又秋声,思君空复情。

同侪多士宦,独我孤伶俜。

松水魂中绕,家山梦里行。

徒余江海志,碌碌寄浮生。

【注】

① 文学,即田文学,时任佳木斯市政府办公室主任,作者好友。

二〇〇九年九月十七日

九日登高怀远并寄庆民①

胥吏非吾志,辞乡七载行。

辑书逾万卷,置酒过千盅。

遥忆故园事,常思旧雨情。

高眸如可望,东北一长凝。

【注】

① 庆民,即梁庆民,作者好友,现任佳木斯市桦南县县长。

二〇〇九年十月二十六日

附：魏律民先生原诗

和梁松《九日登高怀远》

未得凌云志，凡心怕远行。

株黄无硕果，酒冷对残盅。

举目吟孤月，凭阑念友情。

云松长入梦，兴甚解眉凝。

二〇〇九年十一月四日

初冬寒雪乡思

瑟瑟秋风尽，经霜草木凋。

宵眠飞白雪，晨起涌寒潮。

做客千山远，归心万里遥。

况忧边塞地，风景正萧骚。

二〇〇九年十一月四日

贺俊敏五十二岁生日

一夜东风上柳丝，同欢遥与故人期。

放怀寿饮千觞酒，乘兴花开百卉枝。

香梦难知山水远，贺诗莫遣秒分迟。

良辰好景堪佳赏，况值春光骀荡时。

二〇一〇年四月十二日

思 乡

春碧千丝柳，秋丹万树枫。

年来愁羁旅，岁去感飘蓬。

霜落知寒近，乡思隔水重。

已惊双鬓老，清泪洒残更。

二〇一〇年十月五日

庚寅重阳登香山寄成文[①]弟

九日步高巅，吾疆不可瞻。

岭头枫染色，塞上雁飞还。

举酒销佳节，吟怀向旧欢。

茱萸如有寄，报我寸心丹。

【注】

① 成文，即于成文，现任中共佳木斯市纪检委副书记，是作者好友。

二〇一〇年十月十六日

庚寅重阳后从北京去佳木斯四首（同韵）

一

重阳日转凉，千里下三江①。

已过金风爽，但闻紫艳香。

晚窗才落雪，旷野遍凝霜。

故旧一杯酒，温吾寸寸肠。

【注】

① 三江，指松花江、黑龙江和乌苏里江。

二

冬来入塞凉，昆友会龙江。

东市鱼肴美，北郊犬味香。

京中功未树，镜里鬓先霜。

离久乡思甚，倾觞话别肠。

三

寒轮带晚凉，素月挂清江。

远巷霓光灿，近乡泥土香。

吟怀揣锦绣，挥墨扫星霜。

旧好交游密，离分每断肠。

四

西风阵阵凉，暮雨洒寒江。

渔舍习文热，蓬门煮酒香。

炉中添旺火，檐上化轻霜。

江上往来者，人人古道肠。

二〇一〇年十月二十日

附：魏律民先生原诗

喜迎梁松荣旧

迎君归故里，大悦自三江。

煮酒精神爽，挥杯口角香。

新冬生暖意，热血化寒霜。

最是千杯少，搓肩叙别肠。

回乡下老家即景

秋阳映浅沙，一路伴黄花。

虽自京中客，亦曾乡下娃。

襟兄辞旧舍，叔侄饰新家。

一水东流去，波光透晚霞。

二〇一〇年十月二十二日

客东郊渔村

日暮轻风袭，江郊步画船。

远山观叠岫，近水看归帆。

玉斝芳醪满，金盘锦鲤鲜。

曲终人不散，今夕已忘年。

二〇一〇年十月二十三日

仲秋后于佳木斯返京列车中作

列彩斑斓百绕川，疾驰莽莽出榆关。

窗前水静冰初结，岭上枝丹火欲燃。

松嫩平畴阡陌绣，燕京胜事古今传。

乘风我欲开双臂，一揽山河嵌笔端。

二〇一〇年十月二十八日

逢秋寄俊敏

冉冉流光六十年，半生情义结金兰。

止今阅士多千百，至此如君只二三。

聚散分携追故事，诗书吟唱信前缘。

秋来京上思游侣，每为伤离一怆然。

暮秋傍晚游衡水湖饮小渔村

远游来饮小渔村，衡水湖边敞醉襟。

破浪一篙船出浦，残阳千抹鸟藏林。

应无岸上寒樵语，时听林间爽籁音。

不觉凝眸高处望，苍茫暝气隔云岑。

客京十五年随感

兴尽未忘醉一场，栏干独倚立斜阳。

已知壮志随时减，无奈羁愁逐日长。

冉冉年光诗里过，悠悠心事梦中藏。

淹留京上由来久，赢得萧萧鬓上霜。

长安街送友人

愁绪京畿一何焦，离歌送客曲难调。

长街握别忧天暮，故国思归恨水遥。

游子连年求宿志，飞槎何日到江皋。

吏胥回首皆陈迹，惟有乡情不可抛。

近读魏兄篇什有感

摘藻孤芳独赏兄,诗华满腹气犹宏。

润身澄似三江水,修德清如两袖风。

立志久于鸿鹄共,得闲长比浪鸥同。

感君衔笔多幽雅,常有新吟灿极东。

晨读《野草集》①

填词炼句每精究,才笔江东第一流。

《野草》年华心上长,《小荷》岁月画中收。

《莺啼序》里家和国,《蝶恋花》前梦与忧。

耽爱吟毫情未了,丹心白发乐无休。

【注】

① 《野草集》,佳木斯市诗词学会副会长魏律民先生的诗词作品集。

大连湾观海

碧波万顷远凝眸,海上苍茫起浪鸥。

乐处无诗情不尽,此时有酒欲何求。

偿能鳌蟹供鲜味,足可山河伴俊游。

只念当年交契好,新吟每与旧同俦。

九日雅集

高谈雅集思爽然，依约松江淡淡烟。

泼墨边城逢九日，衔诗旧侣又三年。

不妨远去登东极，时复归来忆故川。

还喜夕阳无限好，一杯斟在菊花前。

思乡忆往

野水当年自放舟，山川满眼记曾游。

寻亲不为劳衣履，赏菊偶因逢旧俦。

长入一樽今古月，不禁两鬓雪霜秋。

废兴往事何须问，去去都随江水流。

初冬夜旅思

整天劳累憩书楹，旅泊犹如水上萍。

已落残红香不在，更飞寒雪冷初增。

酒杯无侣难成饮，诗句多姿可激情。

一夜斋中思事往，抬头忽见小窗明。

乡中宴老友

乡国归来尚可欢，半生经历老容颜。
白驹过隙经年久，沧海漂萍作客难。
架上观书真足矣，箧中觅句且陶然。
一杯聊把同知己，兴废古今君莫谈。

羁　游

频年身世倦羁游，更遣萍踪寄钓舟。
夜涨涛声疑似雨，风多帆脚易生秋。
旧题红叶还盈目，新长霜毛已满头。
如此忧怀无聊甚，山寒水冷使人愁。

绝句

七绝 · 与家人视频聚会

宅家避疫克时艰,相聚无期隔远山。

举酒何妨今日醉,亲情满满视频传。

庚子二月初三作于梦龙斋

读苏东兄新诗集有感

昆仲当年手足同,珠玑盈卷感梁松。

长宵捧读身无倦,始信文星出极东。

拜读长青兄"富阳纪行"有感

三章读罢溢情真,一卷山居阅富春。

多彩江乡山与水,来倾笔下作芳芬。

为婉宁①侄女生日而作

王氏豪门富贵家,婉宁尽日乐无涯。

一朝璧玉亭亭立,流水潺潺润岁华。

【注】
① 婉宁,是作者好友王建军的女儿。

随　感

松水三千里,京门十二年。

一杯香蚁尽,百苦亦成甘。

秋日饮酒

简衣简食寻常事,唯酒朝朝不可穷。

羞问醉乡多少梦,年年岁岁数秋风。

中　秋

月明今夜中秋，望我故乡尽头。

千里邀君共赏，倾觞一醉层楼。

春节后返京车上作三首

列车启动

汽笛声声入九垓，车窗骋目雪皑皑。

江城会待重逢日，饮者旋归载酒来。

列车过南岔、带岭、朗乡

百转千回绕岭开，抬头但见白皑皑。

旧年又逐春风去，把酒何时归去来。

列车过老家兴隆镇

虽有东风遍九垓,北疆余雪尚皑皑。

三千里外惊回首,一夜乡关入梦来。

丙申葫芦岛同学会绝句六首

一

韶华无复逝悠悠,提笔平添些许愁。

三十五年思旧雨,何时归去伴君游。

二

如流岁月去悠悠,千里思乡不尽愁。

客路迢遥悲倦旅,半生云雨五湖游。

三

人生好比水悠悠,载得欢欣载得愁。
苦辣酸甜俱品味,大千世界任周游。

四

小舟一叶荡悠悠,江上波涛动客愁。
顺逆风中撑稳舵,东西南北踏歌游。

五

思悠悠也念悠悠,一自别乎不胜愁。
两载相知真一幸,茫茫人海得同游。

六

葫芦岛上乐悠悠，把酒来消万斛愁。

醉卧滩头君莫笑，勿忘丁酉更重游。

丙申除夕夜致友人二首

一

遥寄知交醉赋诗，流年倏忽似飙驰。

新春新禧更新岁，携手征程趁曙鸡。

二

天南海北共新春，把酒今宵忆故人。

万语千言言不尽，遥穹烟火已缤纷。

彧学赞

知君义气久驰名，丝路花开誉帝京。

昔日五羊城里客，一朝崛起万夫雄。

寄呼兰师范中文三班

中华累世出奇才，文化兴邦振九垓。

三十五年酬夙志，潮头击浪看吾侪。

咏雄鸡

五色羽毛玉锦身，花冠绣颈自传神。

司晨来把五更待，晓梦啼醒君莫嗔。

步秀坤先生韵七绝二首

一

东极诗来喜欲狂,丙申岁晏读华章。
神交只恨相逢晚,空负情思百尺长。

二

笔欠工夫难释狂,诗无逸韵少华章。
朝朝唯酒来相伴,白玉杯深饮兴长。

春

一

煦煦东风上柳丝,新葩又发去年枝。
春工万物堪佳赏,正是莺初学啭时。

二

云景园中树，新葩烂漫开。

幽香从不语，只为报春来。

闻老同学郝志远不慎摔伤，非常惦念，即赋

遥寄郝夫子，骨伤痛可深。

不言扶卧榻，只盼送佳音。

春　日

沙暖泥融柳绽金，山光涂染物华新。

东风又拂龙江岸，一曲春歌忆故人。

送友人

细雨霏霏湿柳条,溪清雨霁野风高。

与君把臂今离别,聊放一樽扫寂寥。

题夫人照

<small>端午晨台湖公园采艾蒿。</small>

手把艾蒿上拱桥,素装得体细苗条。

笑容可掬婀娜态,花甲人生少女腰。

京上秋感四首

一

陶令东篱菊又黄,三千里外客途长。

已圆十度中秋月,又是重阳负玉觞。

二

客住京华久未归,光阴寸寸把人催。

白头萧散随其去,唯有诗心不可违。

三

匆匆一去十年期,双鬓秋风染白丝。

多病之躯时渐老,朝朝只见故人稀。

四

登高又见望湖楼,满目寒林落叶秋。

翘望家山千里远,离人白尽未归头。

京门饯行友人

柳絮飞飞又暮春,京城送客更愁人。

逢君三日匆匆别,浊酒一杯万里心。

和郑伯农老《赠梁松》二首

一

独得郑公臂助多,日修平仄泳诗河。

双肩已耐千钧力,漫烂诗坛发浩歌。

二

尽日贪杯饮几多?涓涓流下已成河。

难挨脏腑交通牒,惊煞酒仙吕大哥。

二〇一四年四月二十八日

附：郑伯农老原诗

赠梁松

苦辣酸甜有几多，京华闯荡渡诗河。

双肩扛起千秋业，耿耿男儿吕大哥。

又一绝

疾患来时不问天，全凭生气转平安。

郑公借我冲天力，直上扶摇体若仙。

二〇一四年四月二十八日

贺长孙出生

甲午时逢子骏①生，傲然出世正春风。

有朝一日乘骐骥，踏遍江山万里程。

【注】

① 二〇一四年四月二十四日，我的长孙出生，取名吕木子骏。

劳动节感怀并致国军

留客京门久，良俦住我心。

又逢佳节至，千里一沾襟。

二〇一四年五月一日

海上垂钓三首

一

小舟飘荡在苍茫，一甩钓丝百尺长。

正待潜鳞来食饵，银鸥飞下欲先尝。

二

碧海无边难系舟，小船熄火任飘流。

轻钩逐浪水中觅，钓入夕阳不肯收。

三

焖虾蒸蟹夜围炉,小酌三杯筋骨舒。

入唇蚁香回味好,通身倦意一时无。

二〇一四年五月十日

和张旭光先生《迎兔年口占一首》五首

一

海角天涯到处家,羡君三亚赏春花。

琼崖泼洒淋漓墨,散入波涛万顷霞。

二

沸沸书坛万数家,唯君毫下可生花。

放吟八彩琼瑶句,学富五车载绮霞。

三

纸就三千①出大家,二王兼得种奇花。

慕君独有凌云笔,妙过丹青绘彩霞。

四

除岁笙歌乐万家,玉卮开满酒中花。

一宵烟火无穷尽,点亮遥天缕缕霞。

五

五湖行遍至如家,惯看惊涛拍浪花。

秋月春风都入盏,海南岛上醉流霞。

【注】

① "纸就三千",出自张旭光先生诗《题斋号》:"案牍辟开二尺方,奉题八百号斋堂。一挥写就三千纸,飘向人间有余香。"

二〇一一年二月五日

附：张旭光先生原诗

迎兔年口占一首

生肖献瑞复还家，玉兔来时笔生花。

翰墨终归千古事，挥毫落纸上烟霞。

清夜记梦

昨夜梦归故水边，扁舟泛月入乡关。

乘流听桨心声唱，划破晨曦霞满天。

二〇一一年初春

归　心

八年羁旅在京门，匹马江湖栖客身。

暄暖春风吹又至，声声杜宇唤归心。

二〇一一年四月二十五日

宿千岛湖

水迷烟月树摇风,千岛湖边念远行。

一夜乡心空寂寂,长宵欹枕听涛声。

二〇一一年四月二十三日

寄张伯

——写在《张克敏书画诗词集》组稿时

解甲归来耕砚田,临池尽日乐无边。

八旬老叟身尤健,写罢梅花写牡丹。

二〇一一年五月六日

寄魏君

烟长水远两相思,篱落又开菊满枝。

暑去秋来来又去,何时再品故人诗。

二〇一三年十一月二十日

为儿吕天识、儿媳李美怡新婚之喜作贺诗二首

一

吕天识名字藏在诗头，李美怡名字藏在诗中。

吕氏满庭秾李芳，天人和美喜成双。

识时俊杰多怡悦，金玉良缘永世昌。

二

李美怡名字藏在诗头，吕天识名字藏在诗中。

李花竞放吕园芳，美意天成并蒂双。

怡畅人生堪识赏，金枝连理乐荣昌。

二〇一三年十月

题　画

水远锦帆渡，山高银瀑飞。

石奇含古意，松劲立崔巍。

二〇一三年十月

秋　感

悄然客鬓十经秋，戴月披星久倦游。

松水滔滔千万顷，何时为我泊归舟。

二〇一三年十月二十日

德庆楼饮

襟抱朗开心自宽，酒肠大放饮犹酣。

满斟香醑胡为水，小二笑赊沽酒钱。

二〇一三年十月

壬辰春寄俊敏

一别海天隔，思君千里心。

不知吟和里，已去十年春。

菊

寒葩簇簇伴疏篱,冷艳凝香朵朵奇。

玉蕊芳心迷淡月,凌风不畏雪霜欺。

二〇一三年十一月三十日

机上观云海

远望珠峰矗,近观雾壑深。

回看机翼上,雪挂白如银。

二〇一三年十一月

山寺观僧

不老青山不老松,小溪流水送晨钟。

山僧已忘年光远,只顾空门闭读经。

二〇一三年十一月

归 思

作客京华久不归,光阴涂染鬓毛催。

黄花几度牵乡梦,寸寸诗心不可违。

二〇一三年十二月

酒 趣

尽日呼朋饮,归来酒满肠。

已添双鬓雪,不改少年狂。

二〇一三年十二月

春 歌

春枝孕蕾待春风,春雨清新春景明。

春色宜人春正好,春歌伴我踏春行。

二〇一三年春节

新春致苏晓胜弟

苏门杨柳郁青青,晓色云开日正升。

胜景逢春堪尽赏,好迎紫气入华庭。

二〇一三年春节

新春致徐新国弟

徐徐初日正曈曈,新岁元开万象荣。

国泰民安春意永,好来携手唱诗丛。

二〇一三年春节

春日致长青兄

羡君三月踏春风,千里迢遥宝岛行。

多有诗华生肺腑,只缘翰墨总关情。

二〇一三年春节

新春致伟成二首

一

李园繁盛倚东风,伟业千秋看璟衡。

成在求知功在己,高天万里任鹏程。

二

李花又放一年春,伟业鸿开万象新。

成就男儿千载事,喜看前路已缤纷。

二〇一三年春节

读漆钢《步养拙斋甲午贺岁韵》按原韵奉和

银花簇簇吐长虹,万户春声唱大同。

更喜君诗传塞北,相从白雪度梅红。

附：漆钢先生原诗

薄醉纵横气吐虹，中年心事感君同。

烟花振彻春如海，共祝神州岁岁红。

岁末致孙琳二首

一

江海相逢乐不穷，京门相聚去匆匆。

明朝楚岸春如锦，信有林花别样红。

二

年里几曾往楚乡，龟蛇紧锁大江长。

楼中黄鹤知何处，只见琳宫浴凤凰。

二〇一三年春节

新春致魏律民先生

知君格品比松筠，长隐松花久不群。

方显诗才才几许？吟哦间断两年春。

二〇一三年春节

学　书

十帙觉斯①帖，几支逸少②毫。

百编唐宋句，独自苦心描。

【注】
① 觉斯，指清代书法家王铎。
② 逸少，指晋代书法家王羲之。

二〇一三年

致魏兄

君逾花甲未成翁，一隐豪门久不扃。

不惜诗华流水远，高怀依旧一襟风。

二〇一三年十二月

咏　春

异草奇花又放新，山间漫烂色缤纷。

游蜂戏蝶翩翩舞，更有啼禽送好音。

二〇一三年春

咏梅六首

一

独放一枝为报春，玉姿清艳骨嶙峋。

高标逸韵群芳妒，一任魂销更可人。

二

不畏严寒入腊开，暗香浮动蝶难来。

骚人笔下诗犹盛，孤艳清芬不染埃。

三

陇头千树万花开,沐浴寒霜展异才。
玉蕊冰肌无俗骨,雪中只为送春来。

四

欲赏寒梅踏雪寻,中天月照玉乾坤。
眼前忽见花枝满,一朵撷来赠故人。

五

独坐窗前晓月残,梅花点点淡如烟。
欲寻仙境成虚幻,疑是嫦娥下广寒。

六

开门飘落一身雪，迎面扑来满树花。

谁把琼瑶随处洒，狐疑此地是仙家。

二〇一三年春节

观中央电视台书画频道学生画兰

自发清香不用夸，山中移种万千家。

绝非彩笔能描就，君子从来数此花。

二〇一三年

咏兰二首

一

洗尽铅华喜素装，餐风饮露自馨香。

一朝得识东君面，抖擞精神压众芳。

二

品质孤高绝俗尘，清芬雅秀更超群。

春风不共争桃李，只把幽香与世人。

二○一三年

观三江汇流有感

一九九三年去同江市调研，并观黑龙江、乌苏里江、松花江三江汇流，岸边远眺，江水滔滔，江宽水阔，白茫茫无边无际，甚为壮观。

天水茫茫出大荒，波涛百里汇三江。

汤汤浩浩东流去，一路飞歌下海洋。

赴上海机上作

银燕扶摇上太空，展开双翼破云浓。

长天万里晴光好，簇簇白云伴我行。

一九九五年五月二十日

游东方明珠电视塔

明珠巨塔耸云霄，欲与穹苍试比高。

凭眺一泓黄浦水，滔滔流去作狂潮。

一九九五年五月二十日

子夜后登泰山

夜登泰岳亦神奇，秀色苍茫晓雾迷。

奋力攀爬何惧苦，登凌绝顶抱晨曦。

一九九五年六月

病榻思儿

卧身病榻损秋光，梦醒方知残漏长。

目倦神伤身不适，日思夜想我儿郎。

一九九六年十月

故里情二首

一

同科同学会,故里故人情。

多少相思意,重逢化泪盈。

二

又回昔日群,痛饮旧柴门①。

何畏千觞醉,倾情对故人。

【注】

① 同学会期间,回老家农村与中小学同学一起欢饮。

母校校园旧址三首

一

回首呼师慨几多,尽随流水入长河。

学堂旧址今何在?岁月无情逐逝波。

二

小镇南头母校园,陋房简舍落其间。

莘莘学子园中坐,苦乐年华读圣贤。

三

雨后园中积水环,水师①从此美名传。

学成水手人人好,撑舵长河万里船。

【注】

① 每次雨后校园都有多处积水,同学们戏称学校为水师。

同学聚会感怀

倏忽韶光已不存,芬芳散尽似烟云。

今朝聚首时无惑,昔日风华何处寻?

驿马别情二首

一

韶华一去叹流光,握手金秋菊正黄。

驿马凝情君莫忘,松花千古水流长。

二

绵绵秋雨落纷纷,驿马山前别恨深。

聚散依依肠欲断,我心灼痛似君心。

一九九九年十月

观志安、德伦[①]作书有感

龙蛇翻滚吐云烟,身手诸君各不凡。

笔墨千秋皆妙法,风姿秀洒见奇观。

【注】

① 志安、德伦,即王志安、汪德伦,二人都是著名书法家,也是作者好友。

二〇〇二年八月

饮酒诗

纵饮生涯数十秋，南醺北醉任风流。

敢言饮尽龙江水，唯恐后人笑不休。

二〇〇一年五月

夜　宿

千里驱驰远，停车宿小村。

饥肠空辘辘，不忍叩柴门。

二〇〇一年秋

桦南[①]醉酒

旧故新知喜聚逢，轻歌曼舞乐升平。

佳宾[②]美酒同君饮，醉卧桦南一忘情。

【注】
① 桦南，即桦南县，佳木斯市所辖。
② 佳宾，酒名。由佳木斯汾酒厂生产，属地方名酒。

二〇〇一年十一月

提前退休有感

公事辞来手足轻，携妻带子别乡行。

京师此去三千里，圆梦诗书不了情。

二〇〇二年十月

哈尔滨日月潭酒店深夜饮

初冬时节，与俊敏去哈尔滨，巧遇五弟玉庆（时任佳木斯市人大办公室副主任）在哈，夜半时分，我们在日月潭酒店饮酒至天明，音乐声里，使人陶醉。

驱车千里莽原行，满目银装始识冬。

夜半歌声撩醉意，何人不起故园情。

二〇〇二年初冬

桦南访友六首

夏日，与挚友晓波、同学铁男、兴志并四弟俊敏、六弟文利及家人赴桦南石河踏青饮酒，畅叙友情，醉后成六首，聊以寄怀。

一

时逢仲夏会山庄，旧雨同窗聚一堂。

共忆当年情与事，论诗论赋论文章。

二

晓波①功绩实堪扬，志在石河②水一方。

携众同修兴业路，奔荣奔旺奔康庄。

三

百里石河好地方，丰饶物产誉龙江。

石金林炭积存地，有水有山有矿藏。

四

农家煮酒满门香,好客支书③唤我尝。

野味山珍席上尽,好鱼好肉好羹汤。

五

醉身蹒步上东岗,野果山花处处香。

最是野莓坡上洒,透红透绿透芬芳。

六

桦南一别泪沾裳,芳草王孙路正长。

此去经年云水远,念朋念友念家乡。

【注】

① 晓波,即朱晓波,作者挚友。
② 石河,即桦南县石河镇。
③ 支书,一个村的党支部书记。

二〇〇三年六月

四丰湖春游二首

一

游春湖上荡轻舟,叠翠青山望眼收。

毕竟四丰多秀色,红花碧树隐高楼。

二

与妻同力泛舢船,乘兴吟诗享自然。

桨下涟漪重叠影,波光倒映淡红衫。

二〇〇三年六月

晨星岛

江围小岛号晨星,明月太阳[①]共得名。

不是风光名胜地,此中自有好风情。

【注】

① 太阳岛在哈尔滨,明月岛在齐齐哈尔,晨星岛在佳木斯,三座岛屿都是黑龙江观光避暑的好去处。

二〇〇三年六月

乡村席中吟

二〇〇三年夏与郊区魏书记及班子成员到乡下吃农家菜时作。

（一）

一农①本是布衣身，曾与同侪手足亲。

身在京门怀旧雨，都门不爱爱郊村。

（二）

少年往事忆犹新，乡野蜗居历苦辛。

倘若功名成紫禁，不忘兄弟此生恩。

【注】

①"一农"，作者字"一农"。

佳节感怀

中秋月色惹离情，紧闭纱帘隔月明。

难享天伦清寂夜，三更泪涕帝王城。

二〇〇三年中秋

观菊展

白紫红黄绿,园中郁馥幽。

百花芳已过,最美菊花秋。

二〇〇三年十月

京城咏雪(新韵)

二〇〇三年十二月六日晨,拉开窗帘,一片银白扑面而来,不禁惊喜,入冬以来下了第一场雪,树枝上也挂满了洁白的雪花。

万树千枝挂满丫,惊疑玉树绽琼花。

不知昨夜初经雪,原是天公巧手扎。

梦已故母亲

二〇〇四年元月五日夜,梦与已故母亲在一山间石桌前共餐,漫山遍野樱花绽放。

元月樱花峭壁开,娘亲远驾彩云来。

石台共语不知梦,醒后依然泪满腮。

送铁男、辛慧返七台河

（一）

今日别君花正芳，无心玩赏尽忧伤。

花开花落年年似，惟有相思日月长。

（二）

送弟归乡愁绪长，同乡同举又同窗。

平生乐事喜交友，知己当为高二牪。

（三）

隐隐青山远，滔滔江海长。

饯行一杯酒，送弟返煤乡。

二〇〇四年春

新春前夕致范君二首

甲申暮春,"汉字艺术之光"书赛中与范君笔墨相识,至岁末仍未得谋面。乙酉新春到来之际,作诗二首,祝福新年。

一

君书秀雅亦风流,笔墨情长春复秋。

又是一年春草绿,遥将祝福寄常州。

二

神驰大笔走如风,醉后挥毫恣意行。

欲纵诗情乘酒兴,彩笺飞去晋陵城。

夜 醉

一宵狂饮后,大醉烂如泥。

睁启惺忪眼,太阳已落西。

二〇〇四年七月

中秋万福楼夜饮二首

一

中秋佳节复登楼，北望松江无尽头。

今夕酒酣何处去，清风明月惹乡愁。

二

去年曾醉此楼中，望断天涯思故城。

欲忍还流游子泪，人生自古怅离情。

二〇〇四年中秋

对月独饮

浮云踪迹负春光，一日秋来鬓已霜。

望月怀思独对酒，心随流水入龙江。

二〇〇四年秋

山中寻趣

隔年重上小山坡,昨采野莓今采蘑。

嬉戏逐追寻野趣,风摇树影乐婆娑。

二〇〇四年秋

贺现代汽车北京建厂二周年

京顺林河现代城,名车王子此中生。

中韩共育出风范,一代天骄展大风。

二〇〇四年十月

贺竞添、姜富①生日

一、生日

时逢岁末出京城,千里回乡拜寿星。

洪福百年天帝赐,芝兰兄弟日同生。

二、虎[2]

生来本自在山中,勇猛出山百兽空。

一啸忽惊天地动,至尊王者我为雄。

三、兔[3]

玉兔本来住月宫,嫦娥梦里下天庭。

尘凡成就宏基业,七品县官宦路通。

【注】

① 竞添,孙竞添、姜富系笔者好友,他们同是十二月二十六日生日。
② 虎,竞添兄生肖属虎。
③ 兔,姜富弟生肖属兔。

二〇〇四年十二月

新春前夕致立燕君三首

一

曾经携手岛中游,暑往寒来几度秋。

重聚京华时五载,始知堂燕上高楼。

二

弃吏鱼游商海中,千秋基业壮图宏。

鸿飞乙酉青云上,兄在平川弟在峰。

三

一倾江海洗尘埃,小镇乌金出俊才。

武略文韬成大业,名扬华夏赖情怀。

故里聚饮

如期故里友相邀,拜过初交拜故交。

好酒来同知己醉,离愁散尽乐陶陶。

二○○四年十二月

佳木斯市郊区聚友二首

从北京回佳木斯，应邀赴郊区福山晚宴，与增辉、建红、少华、姜富、晓梅、韩萍、玉梅等兄弟姐妹齐聚一堂，开怀畅饮，辞旧迎新，互致祝福。余一九八二年至一九八四年曾在郊区党委做秘书工作，屈指数算，离开这里已二十二个年头，席中感慨，遂吟几句，是为寄怀。

席中吟

塞上隆冬落雪花，萍踪廿载客还家。

觥筹交错千杯醉，酒醒明朝天一涯。

品茗吟

月明楼①上烛光明，极品乌龙味最浓。

四溢茗飘香彻骨，芳菲尽享动诗情。

【注】

① 月明楼，茶楼名。

二〇〇四年十二月二十八日

天地人情五首

一

天有晴明亦有阴,狂飙劲扫荡残云。
人心怎得清如水,碧海青天不染尘。

二

地有黄沙亦有金,世间难觅是知音。
天天酒肉谁能友,海誓山盟未必真。

三

人有感情亦有心,真心不负重情人。
纵然一日刀山上,患难之时不二心。

四

情有浅深还有真,真情未必换真心。
面前背后说长短,多少故交成路人。

五

天地人情刻在心,至诚博取众人尊。
五湖四海皆兄弟,心有阳光总是春。

二〇〇四年冬

读《北国冬韵》有感二首

一

君诗上品当冬韵,句丽词清逸自飘。
太白诗仙应自愧,一峰更比一峰高。

二

一篇冬韵噪诗坛，小试牛刀势不凡。

文笔纵横开雅境，诗情尽在画中间。

二〇〇五年一月

卧佛山滑雪场

隆冬白雪漫天飘，不减游人兴致高。

忘却严寒融盛景，滑翔冰雪自逍遥。

二〇〇五年春节

清夜饮

月下独斟夜半时，银光漫洒透花枝。

堂前时有清风入，雅兴频来好赋诗。

二〇〇五年一月十日

车窗晨望

苍茫大地深远，白雪净覆沙尘。

几户炊烟袅袅，山村稀见行人。

二〇〇五年一月三十一日

新春咏二首

除夕夜

年菜丰盈胜国筵，高擎杯酒喜团圆。

祖孙共享天伦乐，大醉除夕夜不眠。

春之韵

大地春归万物苏，瞳瞳初日耀皇都。

一年光景唯春美，笔墨勤耕好著书。

二〇〇五年二月八日

叹春花二首

一

春回春去过匆匆,风雨无情扫落红。

花瓣心伤垂泣舞,游人一片惜怜声。

二

愁绪无端心上来,残春花落实堪哀。

问君何有惜花意,缘是玉人亲手栽。

二〇〇五年五月

二牤①咏

呼师契结得真情,两载寒窗乐此生。

谁道人心难似水?二牤心比水清明。

【注】

① 二牤,即高铁男,作者同窗,二牤是其小名。

二〇〇五年八月

八月十五思友二首

一

浮云三载叹飘零,把酒中秋忆故情。

千里月明谁与共?丝丝离苦梦难成。

二

明月清辉独对酒,佳节来时客思家。

三载京华奔涉苦,他乡流落负黄花。

二〇〇五年中秋

醉后作书

阳光铺案醉挥毫,走笔如风卷浪潮。

草圣张颠观赏罢,欣然伴我共风骚。

二〇〇五年十月二日

自题小像

心能装下天，一醉便成仙。

虎胆浑如斗，飞毫酒已酣。

二〇〇五年十月三日

天上月

深秋一夜晚，与龙江同乡在醉仙楼聚饮，望窗外月光清寒，思乡之情油然而生，故吟四句，聊寄此怀。

皎月中天挂，不知地上愁。

漫将清冷洒，空照醉仙楼。

二〇〇五年十月

翰墨情怀

唯将毫翰此生求，不到黄河不肯休。

矢志磨枯沧海水，一枝拙笔伴春秋。

二〇〇五年十一月八日

感悟人生

苦辣酸甜尽可尝，人生滋味比诗行。

一分耕作一分得，溪水终成大海洋。

二〇〇六年七月

追吊冯军①

读《怀念冯军》有感。

书中相识亦前缘，离世匆匆叹盛年。

伟业已成千古恨，几回掩卷哭先贤。

【注】

① 冯军，生于黑龙江明水农村，自幼家贫，学习刻苦，凭着扎实的理论基础和实际工作能力，任团中央书记处书记，后援藏任西藏自治区常委组织部长。1993年8月8日在京中组部招待所突发脑溢血病逝，时年44岁。

二〇〇六年八月

去山东途中作

水泊子孙弄大潮，百城万镇各风骚。

齐鲁风光观不尽，纵我诗情到碧霄。

二〇〇六年九月

别张同

雾留燕赵识张同,君欲向西吾向东。

江海相逢多意气,小城纵饮到天明。

二〇〇六年九月

读长青兄《飞翔的乐章》有感

飞翔一曲尽知兄,岁月如歌志竟成。

胸溢豪情诗自放,乐章似火映天红。

二〇〇七年二月十五日

中秋夜致小平①兄

本作京华客,逢君胜故交。

中秋明月夜,举酒共良宵。

【注】

① 小平,即陈小平,在联想集团中国联合保险经纪公司任董事长。系作者好友。

二〇〇七年中秋

到寿光

遍地鲜花遍地棚，林荫大道碧梧桐。

绿蔬盛会①名天下，一路风光到圣城②。

【注】
① 绿蔬盛会，每年一度在寿光举办的全国蔬菜博览会。
② 圣城，寿光古时亦称。

二〇〇七年九月

和魏律民先生

午夜时分，收到魏兄发来三条短信，和诗一首。

宵静更阑韵不穷，一如美酒伴梁松。

神游翰海淘佳句，夜就星光读魏兄。

二〇〇八年一月二十五日

附：魏律民先生原诗

七绝一首

深夜读诗意未穷，案头无寐和梁松。

今生得遇贤良弟，来世负荆还做兄。

和魏律民、于俊敏先生《戊子二月二》

高望何须向远空？九州处处有腾龙。

况逢龙首高昂日，能不翩翩舞大风。

二〇〇八年三月

附：魏律民先生诗

和于君《戊子二月二》

年年此日望高空，谁见云头有潜龙。

一睹君诗夺浪漫，方才彻悟驾神风。

附：于俊敏先生原诗

戊子二月二

龙乘春煦啸云空，二月昂头九万风。

不废一年春草碧，人间龙马又奔腾。

上元夜和吴震启先生《戊子元宵诗寄灾区父老乡亲兼答诗友》二首

一

上元满月亮如银，灯火万家浩荡春。

雪祸江南牵万众，神州俱是弭灾人。

二

上元夜色动诗心，短信情牵亿万人。

但得江南明月好，复苏万物待阳春。

二〇〇八年元宵节

附：吴震启原诗

戊子元宵诗寄灾区父老乡亲兼答诗友

谁洒江南遍地银？寒凝万物待阳春。

情牵手足十三亿，都是雪中送炭人。

平生多喜好二首

一

平生多喜好，尤以酒为先。

尽显英雄气，饮来天地宽。

二

平生多喜好，最以诗为乐。

不惜散千金，集成诗世界。

三

平生多喜好，常以墨为邻。

学作龙蛇舞，涂鸦也称心。

二〇〇八年正月十六

读魏律民先生《答友人》并原韵奉和

柳绽新枝草放青,传神诗韵吐心声。

最欣两会春晖暖,盛世歌吟唱大风。

二〇〇八年三月

附:魏律民先生原诗

答友人

二月柳梢初泛青,枝头鸣鸟报春声。

电波每日赠新作,蕴秀诗行展大风。

《答友人》又和

骚客几人入汗青?诗坛世代诵吟声。

今来古往朝朝咏,谁敌诗魂李杜风。

二〇〇八年三月

附：魏律民先生原诗

又和《答友人》

手捧和诗杨柳青，友情国事壮佳声。

胸怀浩荡毫端涌，哪句稍离李杜风。

读《读梁松感赋》又原韵赠和魏律民先生

揉入珠玑多少情？凌霄九万展鲲鹏。

江山锦绣歌钟地，平仄铿锵绕峻峰。

附：魏律民先生原诗

读梁松感赋

妙语连珠满腹情，行中字外见鲲鹏。

拙厨万饪难招客，才子一言露泰峰。

京城扬沙天气

晦宇茫茫不见云，黄沙漫漫侵京门。

长街滚滚浮尘虐，城阙昏昏愁煞人。

二〇〇八年三月十八日

伟成君去沈阳住院感赋

微风拂煦正春浓，晓驾晨曦出帝城。

但得神医除患痛，从今步履踏轻盈。

二〇〇八年五月

致姜富生日

吉庆姜门尽舞舫，花开富贵满华堂。

雄鸡晓唱开心曲，逢腊梅苞蕴异香。

【注】

① 姜富，是我好友，曾任桦南县委副书记，佳木斯市文化局长，其夫人张晓梅与我工作在同一个办公室，相处融恰，时逢姜富生日，遂写小诗一首，将其二人名字藏于诗中。

二〇〇八年十二月二十六日

戊子岁末寄成才兄①

客住京华幸识君,闲来雅兴弄清樽。

生花妙笔丹青秀,白石也应羡几分。

【注】

① 成才兄,中国美术家协会北京分会副主席,当代著名画家。

二〇〇九年一月二十日

读张旭光先生《牛年初一话耕牛》并和

耕牛读罢意悠长,京国诗吟感大荒①。

倘若春来花发早,知君妙笔送奇芳。

【注】

① 大荒,指北大荒,当时作者在黑龙江佳木斯市过春节。

二〇〇九年一月二十五日

附：张旭光先生原诗

牛年初一话耕牛

勤耕不问垄头长，俯首无心寄八荒。
直待万邦平国界，东方犁遍向西方。

己丑春节

瑞雪红梅又一春，一春更比一春新。
春潮激荡春光好，斟满春醪共举樽。

二〇〇九年一月二十五日

咏　菊

群芳争艳我来迟，墨客骚人笔下诗。
忙趁秋光开正好，篱边独有傲霜枝。

二〇〇九年十月二十日

夜 作

日品芳醪晚记诗，只缘夜静出奇思。

已忘漏刻滴能尽，嗔怪邻鸡报晓迟。

二〇〇九年十一月二十五日

客京七周年感

不惑时年走异乡，岁知天命笑荒唐。

此身无奈他乡老，辜负篱花岁岁黄。

二〇一〇年十月十二日

万寿园菊花展

秋暮百花歇，菊开万朵新。

应知松与柏，常抱岁寒心。

二〇一〇年十月十三日

回乡下老家酒醉偶得

夜酒归来睡正酣,悠然兴致入云山。

忽闻邻舍鸡声唱,惊破清幽梦一帘。

二〇一〇年十月三十日

次韵魏律民先生和《感事》

万户千门睡梦香,吾敲新句一行行。

月辉朗照如天水,犹在瑶池饮兴长。

二〇一〇年十一月五日

附:魏律民先生原诗

借得良宵明月朗,池边柳影异书行。

鸣蛙若不通吟韵,何上莲蓬吵短长。

次韵蒙老诗①《感事》

玉盘清朗挂前窗，伏案低吟影在墙。

初学仄平难识韵，故偷月色读书忙。

【注】

① 蒙老，即蒙吉良先生，原在佳木斯税务局工作，已退休，也是作者的老师。

二〇一〇年十一月五日

附：蒙老（吉良）原诗

半轮明月透纱窗，柳影如书挂满墙。

且问当今谁懂韵，原知无处不文盲。

怀 友

思乡怀友两堪伤，一别家园岁月长。

天命知年时念旧，至今垂泪忆龙江。

二〇一〇年十一月二十日

题梓卿老同学发来五姐妹同游组照五首

一

七九喜同窗,春秋卌岁长。

因缘当永记,梦入枕边香。

二

年华虽不返,岁月已成诗。

姊妹相逢日,芙蓉最美时。

三

荷叶连天碧,湖边美景收。

重逢真一乐,事往话无休。

四

碧绿栏干倚，荷风入袖香。

径幽娥影过，回笑洒长廊。

五

几盘荤素菜，小聚不胜欢。

把酒酬知己，依依不忍还。

怅晚秋

银丝盘鬓日消磨，久别家山客恨多。

落叶满川秋已老，一年光景又蹉跎。

秦皇岛归来与宋彩霞先生和元旦诗

京冀归来酒欲醺,友朋酣饮自欢欣。

和诗难就长宵里,晨起衔毫写本真。

观何鹤老师松石图

一

何来俊笔出峥嵘,鹤骨虬枝盘在胸。

老干巍然凌石立,师承不欠古人风。

二

诗裁云锦墨融神,情入襟怀笔入心。

画就丹青松石趣,意归妙境得天真。

【注】

藏头诗,两首可连读为"何鹤老师,诗情画意"。

庚子年霜降前一日作于梦龙斋

杂诗

登驿马山

细雨有无间，又登驿马山。

诸峰云雾绕，是处有奇观。

露滴千花润，鸟唱娓声喧。

石门盈瑞气，古木参云天。

巍巍大宝殿，静静小溪泉。

漫步石苔路，怡情享自然。

砬顶峰更秀，牵手乐流连。

登高宜放眼，地远心亦宽。

庆建党83周年雨后咏

一

京城雨后，气爽天新。

阳光始照，大地无尘。

鲜花斗艳，古树鸣禽。

宫殿雄伟，红墙幽深。

车水马龙，广厦成林。

都市风貌，月异日新。

炎黄儿女，抖擞精神。

繁荣盛世，喜乐康殷。

二

七月一日，中共诞辰。

举国同庆，万众欢欣。

南湖始建，八十三春。

往事追忆，情难自禁。

革命先驱，谋福为民。

血铸江山，后继有人。

铿锵誓言，万古长存。

千秋盛德，遗佑子孙。

三

旧日中国，地暗天昏。

朝政败落，列强瓜分。

帝国主义，寇盗野心。

杀我百姓，掠我财银。

生灵水火，无人问津。

大好河山，累累伤痕。

中华民族，谁主浮沉。

顶天立地，共产党人。

四

毛公周公，一代伟人。

坚定革命，奉献终身。

南北征战，历尽艰辛。

民族存亡，深刻在心。

危难时刻，救国救民。

长征壮举，永励后人。

丰功伟绩，建党建军。

开国盛典，始奠乾坤。

五

邓公小平，博大胸襟。

壮心不改，几度浮沉。

放眼世界，静观风云。

高瞻远瞩，开放国门。

实行改革，利国利民。

人民儿子，深爱人民。

一国两制，独具匠心。

收我疆土，香港澳门。

二〇〇四年七月一日

再访桦南观感（新韵）

桦南会友

秋光正好，挚友如约。

微风习习，百里驱车。

小城聚会，姜富晓波。

手足昆仲，情投意和。

吾在京师，千里远隔。

山重水复，聚少离多。

观县府楼

首观县府，惊诧不迭。

疑入仙境，宏伟城郭。

栋连广宇，气势磅礴。

高低错落，亭台楼阁。

飞檐斗拱，天公巧夺。

琉璃彩瓦，尽显豪奢。

游向阳湖

向阳湖水，万顷金波。

青山环抱，绿树婀娜。

鱼跃水面，涟漪层叠。

轻舟泛浪，峰谷漩涡。

情思荡漾，游织如梭。

兄弟姐妹，笑语欢歌。

咏列车

列车风驰电掣，乘载万千过客。

周游绚丽城池，遍走缤纷村落。

碾平道道山冈，穿越条条沟壑。

无论阴晴雨雪，不分白日黑夜。

历经暑往寒来，走过花开花落。

饱览华夏风光，阅尽人间春色。

勇往飞奔直前，管他天高地阔。

宛若斑斓巨龙，笑傲大千世界。

二〇〇四年十二月二十四日

登圆觉寺

初登圆觉寺，大殿耸巍峨。

此来朝圣者，男少女儿多。

祈祷燃香火，虔诚跪拜佛。

暗许心头愿，默念平安歌。

雪夜怜儿

遥怜小儿女，负笈在京城。

又落初冬雪，衣单不御风。

悠悠慈母意，切切舔犊情。

此心无所寄，催我速归程。

二〇〇二年初冬

词

喝火令（五首）

乙酉秋日故乡聚友

一

已住京师久，乡愁与日侵。

井桐残叶坠纷纷。

只有那钩清月，依旧照离人。

意借诗筒续，思君费苦吟。

几回魂梦到家林。

最忆松花，最忆话知音。

最忆玉壶斟满，饮尽一宵深。

二

夙契交游密，羁游独自噷。
水流花谢两频频。
纵有别愁离绪，分付酒千樽。

杳渺陈年事，由来迹可寻。
小村清夜话初心。
也说乡愁，也说喜难禁。
也说梦魂深处，苦乐解天真。

三

一自分携后，连年萍梗身。
纵多无奈与谁云？
况是岭遥途远，长夜忆诸昆。

岁月频交替，秋来把臂君。
此时何限酒杯深。
渴望重逢，渴望醉消魂。
渴望耄龄相约，还似梦中人。

四

小炒咕嘟炖，围炉八九人。

唠嗑还是那时音。

仿佛自家兄弟，笑语暖如春。

大碗高粱酒，干完一再斟。

两巡才过又三巡。

乐在农庄，乐在食材珍。

乐在惠民新政，富裕万千村。

五

炼句兄求雅，援毫弟较真。

不才当我恋青樽。

正是菊花时候，思念与君陈。

卅载匆匆去，相逢格外亲。

夜斟佳酝饮霜晨。

醉了秋风，醉了唱酬人，

醉了此缘无悔，一觉白云深。

喝火令·京中贺积慧君诗稿付梓

乙酉邯郸会,逢君菊正黄。

溢泉湖畔夜传觞。

最是子时无寐,欲话一宵长。

德业江东立,声名塞北扬。

雅吟高韵入书香。

饮誉文华,饮誉享龙乡。

饮誉更欣当下,俊笔壮诗行。

江城子·春日午后游松花江寄怀

松花江上泛春船。

草芊芊。

柳如烟。

逐浪轻舟,相伴几鸥旋。

楼映波光云映水,回首望,日三竿。

数年江海挂征帆。

月儿圆。

不知年。

渐老书生,任重托双肩。

一片诗心千点墨,鸿鹄志,在长天。

二〇一一年四月二十六日

浣溪沙·秋日有怀并寄殿坤①

惆怅京师一夜风,心随乡梦过江东。

离怀尽在酒杯中。

梧井无情飞片叶,菊花有意竞千丛。

思君滋味日犹浓。

【注】

① 殿坤,即金殿坤,在佳木斯市政府机关工作。系作者好友。

二〇一一年九月十日

水调歌头·写在毕业三十年同学会前夕

千里松江水,浩浩入东流。

当初驿马离去,已作十年游。

遥忆知交渺渺,怎奈光阴飞逝,白了少年头。

弹指岁华过,一叶又经秋。

思乡梦,吟乡曲,恋乡畴。

羁心无限,多少牵念为君留。

空对漫天星斗,难理万千思绪,独倚望江楼。

待到重逢日,一饮醉千瓯。

二〇一一年九月六日

浣溪沙·中秋夜寄宝山①兄

水阔烟长隔望遥，满斟玉液向知交。
羁愁缕缕伴秋宵。

梦度关山千叠远，魂牵乡月一轮高。
西风落叶正萧萧。

【注】
① 宝山，即夏宝山，原任抚远县副县长，县政协主席。

二○一一年九月十二日

毕业三十年五首

江城子二首（步东坡韵）

一

山长水远两茫茫。

步难量。

忆难忘。

今又秋声，寒雨送新凉。

日月催人人老矣，玄鬓改，镜添霜。

欣闻佳会倍思乡。

念同窗。

试新装。

送爽金风，摇动稻千行。

还是当年携手处，高举酒，醉东冈。

二

十年弹指又相拥。

诉离衷。

意无穷。

消尽华年,半数已成翁。

怎奈星霜欺客发,春去也,竟匆匆。

一从别后似征鸿。

各西东。

觅无踪。

日日思君,云水万千重。

历尽人生多少事,回首望,逝波中。

二〇一一年九月二十五日

鹧鸪天·离愁

漠漠长亭夕照残。

西风落叶正萧然。

霜星寂寂秋衾冷,云水迢迢客梦寒。

天上月,又重圆。

何时送我到乡关。

故人相聚飞觞会,消尽离愁一醉眠。

浪淘沙

世事若浮沤。

魂梦悠悠。

不如归去棹扁舟。

一揽松花江上月,醉也风流。

又过菊花秋。

岁月难留。

一声寒雁过南楼。

今古词人填不尽,该是离愁。

浪淘沙（依前韵）

聚散似浮沤。

逝水悠悠。

当年同泛木兰舟。

一去须臾三十载，往事如流。

两鬓已斑秋。

无意淹留。

夕阳独立望江楼。

万顷波涛盛不下，缕缕乡愁。

二〇一一年十月六日

眼儿媚·知秋

入夜庭前遍凝霜。

叶落转新凉。

几声孤雁，一壶浊酒，数曲华章。

最是秋来家万里，每忆自情伤。

绿荫柳岸，金风稻浪，白雪龙江。

二〇一一年九月二十日

卖花声·梦饮

入夜又添凉。

月上前窗。

幽然一梦客回乡。

衣锦着身朋满座,真个风光。

香蚁润诗肠。

无尽芬芳。

年来豪兴醉龙江。

纵把今宵还酩酊,也不荒唐。

二〇一一年十月八日(寒露日)

清平乐·著书

愁云惨淡，心绪如丝乱。

挥下千刀仍不断，唯酒朝朝相伴。

三年落客京城，不移翰墨痴情。

一日新书付梓，举杯再踏征程。

二〇〇四年九月

长相思·深秋寄文兴①

水南流，水北流，流过龙江去不休。

岸边人倚楼。

倚南楼，倚北楼，楼对寒山落叶秋。

思君不胜愁。

【注】

① 文兴，指常文兴，现任佳木斯市环保局副局长，是作者的挚友。

二〇〇八年十月

卖花声·书愿

依《梦饮》韵

霜降晚来凉。

冷透纱窗。

十年求索客他乡。

白发江郎才已尽,辜负流光。

书卷总牵肠。文苑寻芳。

今声古韵响秋江。

广集诗华成瀚海,耀宋光唐。

二〇一一年十月二十四日(霜降日)

江南好·松花江四季咏

春

松花好,春咏物华新。

紫燕穿花红杏雨,银鸥逐浪碧天云。

烟柳暗芳村。

夏

松花好,夏日发荷英。

露湿池花晨气润,风吹庭树晚凉生。

消暑自轻盈。

秋

松花好，秋赏色缤纷。

万树枫丹犹胜火，千畴稻灿似流金。

霜菊绕篱新。

冬

松花好，冬里景奇哉。

阆苑素装银世界，南华好梦玉楼台。

白雪入诗来。

二〇一三年十一月十日

浪淘沙·叹流光二首（同韵）

一

岁岁太匆忙。

转眼沧桑。

悄然老却少年郎。

只觉人生才一瞬，喟叹流光。

客路正茫茫。

秋雨寒江。

离襟牵梦水云长。

更惜乡心犹寸寸，日日杯量。

二

四出苦奔忙。

尘事沧桑。

绿杨村里读书郎。

五十年华如逝水，堪惜年光。

暮色已苍茫。

浩浩三江。

陈年印迹忆犹长。

只有江声知我意，不尽思量。

二〇一三年十一月十日

毕业二十年同学会词二十首

十六字令八首

一

归。

二十年来几梦回。

情犹切,莫待鬓毛催。

二

归。

朝伴曦光过翠微。

车千里,游子故园回。

三

归。

碾碎风沙黄土飞。

烟尘远,力借北风追。

四

归。

满目青山沐晚晖。

夕阳里,宿鸟傍林飞。

五

归。

已近乡关路问谁?

天将晚,野旷幕低垂。

六

归。

故友相拥伴泪飞。

春虽逝,秋里沐金晖。

七

归。

故旧同窗把盏推。

情难却,浊酒洗尘灰。

八

归。

尽把相思入玉杯。

今宵醉,酩酊共依偎。

行香子二首

一

两载寒窗，廿岁流光。

惜春华、过尽芬芳。

重回旧地，共叙情长。

正金风爽，花果艳，桂枝香。

银杯玉盏，溢彩华堂。

更今宵、歌乐铿锵。

壮心不改，再续华章。

愿同相勉，并牵手，共荣光。

二

分久离长，岁月留香。

忆当时、年少方刚。

书生意气，自赏孤芳。

但乡情真，友情重，别情伤。

嵯峨驿马，旷古松江。

历千年、枯寂荣昌。

松原千顷，沃壤无疆。

喜田园美，江山秀，九州强。

行香子·追吊姜超君五首

一

旧好知心，往事难陈。

竟匆匆、弦绝琴音。

斯人已去，泪湿双襟。

念西天远，墓穴冷，九泉阴。

空留遗恨，未了雄心。

尽随风、化作烟尘。

音容不在，英气犹存。

叹学中友，杯中泪，梦中人。

二

风雨黄昏，孤雁离群。

最凄凉、夜哭亡魂。

一怀远志，都付流云。

但生时寞，死时惨，忆时真。

松花叙旧，苦耐沉沦。

梦依稀、还似当今。

尽倾肺腑，应我知君。

痛文星落，才星陨，笑星沉。

三

草野乡村，筚户蓬门。

乐陶陶、出了文人。

怀才骐骥，伯乐难寻。

更权门险，豪门贵，士门贫。

五车学富，飘洒红尘。

实堪怜、天不遂人。

人寰永逝，词祭英魂。

吊行香子，如梦令，谒金门。

南歌子

怅恨分离久，怀思二十年。

相邀故地喜团圆。

纵饮千杯大醉、又何堪。

春绽繁花树，秋收硕果园。

劝君莫叹老容颜。

你我风华不减、正当年。

如梦令·悼姜超

凄苦无人能助，命殒森森泉路。

常忆学园时，形影不离朝暮。

残酷！残酷！痛彻我心深处。

谒金门·悼姜超

含悲忆,洒酒故知同祭。
空对遗容凭肃立,哀默伤心泣。

回首当年知己,挥墨几人能比?
从此阴阳天隔地,梦断书生气。

长相思·送别(三首)

一

山千重,水千重,水远山高会故城。
酒浓情更浓。

雾蒙蒙,雨蒙蒙,难隔同窗一世情。
丹心共此同。

二

聚依依，散依依，分手相逢无有期。
故交相见稀。

别依依，恨依依，勿忘芳丛携手时。
人生常别离。

三

南路遥，北路遥，南北西东路万条。
送君驿水桥①。

归迢迢，去迢迢，此去何年君再邀？
心潮逐浪高。

【注】

① 驿水桥，指黑龙江省巴彦县西十里驿马山下的河桥，是县城西出的必经之路。

浣溪沙

佳节来时聚故乡,相逢无语尽忧伤。
悠悠岁月叹沧桑。

驿马葱葱山漫翠,少陵浩浩水流长。
惜将春梦付流光。

一九九九年十月

浣溪沙·新春前夕致立燕君

惜别龙乡千里行,弟移琴岛我迁京。
常将杯酒醉离情。

奋翮凌霄飞紫燕,植根沃壤挺青松。
欣然携手驾长风。

采桑子四首

三江屯垦咏

边陲百里无人迹，僻壤穷乡。

亘古苍凉。

大野孤烟对夕阳。

官兵十万齐征战，铁马戎装。

辟拓洪荒。

斩尽荆棘屯垦忙。

三江巨变咏

无垠沃野连天远，黑土芬芳。

稻麦飘香。

报效国家多产粮。

边疆变化昔难比，昨日粮荒。

今是粮仓。

万众歌吟乐小康。

三江冰雪咏

寒飑呼啸平原上，千里严霜。

素裹银装。

漫卷冰花劲舞狂。

三江景致冬来美，绝色风光。

华夏无双。

玉雪琼天披盛装。

三江情思咏

遥离故地三千里，塞北京城。

水复山重。

风雨难离兄弟情。

年来几度归乡路，执手相逢。

其乐融融。

聚散依依尊酒浓。

二〇〇五年元月八日

水调歌头·黄山咏松

佳树万千种,性本独钟松。

贞容劲节刚直,俗木岂能同?

根植巉岩绝壁,高拔雄姿伟岸,俊洒自从容。

崖上屹然立,矫首向苍穹。

立严寒,傲冰雪,斗霜风。

浩然正气、力撼河岳贯长虹。

马鬣龙鳞鹤骨,顽干虬枝翠盖,寒暑郁葱茏。

伫览莲花顶,当颂此山松。

二〇〇五年六月

行香子·故园四丰游

绿树葱葱,绿草青青。

沐晨光、踏露山行。

四丰湖水,清澈澄明。

更和风爽,春光媚,柳荫浓。

波光潋滟,棹短舟轻。

似徜洋、水墨图中。

故园秀色,纵我诗情。

有鱼儿跳,花儿放,鸟儿鸣。

二〇〇五年六月

浣溪沙·思旭峰、玉庆、德文君①

叶落梧桐日渐寒。

家山北望隔云烟。

天涯梦远不成眠。

秋雨浸花浓淡改,紫毫行字浅深难。

恨无鸿雁寄诗笺。

【注】

① 旭峰、玉庆、德文,即张旭峰、李玉庆、张德文,在市政府机关工作,作者好友。

二〇〇八年十月

行香子·京都春节有作三首

一

年菜丰盈,年酒香浓。

共除夕、乐乐融融。

樽浮蚁绿,蜡卷花红。

贺又新岁,又新禧,又新正。

普天同庆,禹甸尧封。

万千门、睦睦雍雍。

天伦共享,喜幸无穷。

更人康寿,家和美,国隆兴。

二

除岁洪钟，荡彻云空。

又春风、吹遍寰瀛。

九州凝瑞，紫禁恢弘。

正梅含笑，松含翠，柳含青。

街头巷陌，结彩张灯。

大中华、虎跃龙腾。

荣昌盛世，歌舞升平。

更秧歌扭，锣鼓唱，喇叭鸣。

三

爆仗轰鸣，遍地流红。

礼花燃、点亮遥穹。

银辉溢彩，火树腾龙。

伴星光灿，霓光闪、烛光明。

春盈御苑，福满京城。

看人间、元气方兴。

天恩日永，普惠苍生。

更三星照，六畜旺，五谷丰。

二〇〇六年一月二十九日

忆江南三首

丙戌中秋,作客江城佳木斯乌苏里鱼村,席罢,与诸友漫步松花江畔,共赏中秋月光有感。

一

江边柳,月下亦婀娜。

不媚珠光花月好,只怜游子唱离歌。

羁旅自愁多。

二

江中水,无语付流东。

多少沧桑沉浪底,人间万事转头空。

何必苦匆匆。

三

中秋月，皎皎断人肠。

酒醒方知身在客，佳人那畔正思乡。

人事两茫茫。

人月圆·京华

半生光景多为客，误了好年华。

吟诗取乐，填词遣闷，任笔涂鸦。

恍然一梦，飘零五载，鬓落霜花。

潇潇秋雨，凄苦滋味，人在京华。

二〇〇八年十月

浣溪沙·春愁

一片春愁何处消。

东风已上短长条。

莺啼晓树惹心焦。

鸿羽不知榆塞远，梦魂怎奈马蹄遥。

栏杆倚尽盼归桡。

二〇〇九年三月

行香子·东巡漫记

一

朝伴曦光，暮送斜阳。

一行人、苦乐奔忙。

东寻故地，兴凯三江。

并观民俗，看哨所，访农庄。

大荒巨变，历尽沧桑。

又金秋、菽果飘香。

绵连沃壤，天下粮仓。

有谷无边，豆无际，稻无疆。

二

旧雨同窗，约会龙江。

再回首、往日时光。

二十六载，岁月凝香。

又重把酒，酒中忆，忆时伤。

高擎玉液，纵放痴狂。

问人生、几度夕阳？

壮心犹在，共铸辉煌。

愿真情永，豪情放，友情长。

二〇〇七年八月

清平乐·故里春思并和魏律民先生《雷雨》

柳枝拂岸,风动千丝乱。

千里迢遥频致电,哦咏传来不断。

江河浩荡奔腾,一年一度春风。

更喜故乡春雨,滋津万物欣荣。

二〇〇七年八月

清平乐·松再和

齐天伟岸,俯瞰云山乱。

任尔雨狂雷挟电,顽干钢浇铁锻。

巉岩雾锁云腾,犹歌万壑松风。

笑傲严霜冰雪,风姿苍劲从容。

二〇〇七年八月

附：魏律民先生原词

清平乐·雷雨

江涛拍岸，风骤渔舟乱。
入夜隔窗雷雨电，孤枕黄粱惊断。

华年励志飞腾，奋身万里云风。
解甲耕耘翰墨，挥毫品味枯荣。

巫山一段云·农家作客

园里参差草，圃中次第花。
一池碧水映红霞。
蝶舞绕篱笆。

林秀藏佳木，泉清漏浅沙。
山中饮酒那人家。
醉卧夕阳斜。

二〇〇八年七月

水调歌头·京中逢彧学①

又把陈年酒,噙泪共言欢。

匆匆分袂时候,二十正华年。

遥想柳荫深处,朗朗书声犹现,苦读圣贤篇。

世事沧桑远,镜里鬓初斑。

韶华梦,还记否?最留连。

廿年空去,相望南北隔重山。

羁旅天涯长路,惆怅离情别绪,此痛不堪言。

鸿雁锦书至,应在白云边。

【注】

① 彧学,即孙彧学,是作者的同窗挚友。

二〇〇八年十月

长相思二首

秋声感赋

深秋天,晚秋天,霜露初凝点点寒。
枫红处处山。

深秋天,晚秋天,一夜西风吹漏残。
乡思入梦难。

诗酒抒怀

诗怀宽,酒怀宽,诗酒逍遥不羡仙。
此中别有天。

诗怀宽,酒怀宽,悟到真时始自然。
从容对大千。

二〇〇八年十月

南柯子·秋日忆旧并和魏律民先生《庭柳秋怨》

离绪常萦梦,愁丝每绕肠。

凄风送雨晚来凉。

又负秋光只见菊花黄。

意到挥毫畅,兴来任酒狂。

年来孤旅倍思乡。

恨不当初误了读书郎。

二〇〇八年十一月

附：魏律民先生原词

南柯子·庭柳秋怨

叶落牵枯泪,枝孤惹断肠。

妾身何意柳凄凉。

衾冷灯残几纸雁书黄。

柳绿春心动,菊开云雨狂。

离人何怨不思乡？

梦问相爷怎待状元郎。

浣溪沙·忆旧

自幼求知爱学堂。

十年动乱误韶光。

少年无奈事农桑。

岁月新更行好运,布衣苦读在寒窗。

渐丰羽翼待高翔。

二〇〇八年十一月

浣溪沙·秋感四首（同韵）

一

霜降京门近晚秋。

沉寥风景客生愁。

蹉跎岁月逝如流。

征雁一声惊旅梦，还家几度误行舟。

乡思无限正悠悠。

二

独自徘徊怅暮秋。

清笳一曲动乡愁。

残花枯叶逐波流。

酒入悲肠催醉客，魂牵幽梦入扁舟。

乾坤云水共悠悠。

三

隐隐西风索寞秋。

秋声萧瑟自多愁。

愁来分付大江流。

流水落花浑似梦,梦帆扬起顺风舟,

舟摇日月去悠悠。

四

斗转星移又换秋。

绿疏红漠惹人愁。

江湖浪迹几迁流。

半世生涯常落客,十年乡梦盼归舟。

苍烟远水两悠悠。

二〇〇八年十一月

附：魏律民先生原词

和《浣溪沙·秋感》

枯叶飘零满目秋。

谁悉霜鬓几多愁。

寒江依旧向东流。

旧雨还乡常入梦，新词寄语少归舟。

倚栏空眺水悠悠。

江城子·秋日怀远并寄龙江诸友二首

一

西风吹雨落寒宵。

念知交，醉松醪。

客路三千，只有梦相邀。

几度光阴随水逝，悲倦旅，恨难消。

当年义气冠群豪。

乐陶陶，自逍遥。

晓踏曦光，信步出蓬蒿。

应是人生难料得，天下事，一遭遭。

二

满怀愁绪入秋凉。

客他乡,叹流光。

水远烟长,何处是归航。

云外箫声吹欲断,南去雁,一行行。

不胜羁恨掩清觞。

损柔肠,费思量。

遥对松江,点点泪沾裳。

犹忆春吟诗百首,曾记否?莫相忘。

二〇〇八年十一月

临江仙·初春感旧

客里光阴易逝,忽惊两鬓斑秋。

东风又过望江楼。

河边初绽柳,春水拍山流。

七载京师寻梦,开言欲说还休。

红尘一笑自悠悠。

平生堪幸事,人在酒中游。

二〇〇九年三月

南歌子·贺俊敏五十三岁生日

嫩草辞寒绿,娇花向暖红。

暄妍二月看腾龙。

切切思君一夜梦魂中。

才分江东誉,德声塞北宏。

生花彩笔妙无穷。

诗丽词清称得万夫雄。

二〇一一年三月六日

南乡子·秋日京城寄大江①二首（同韵）

一

雨打小弦窗。

塞上秋深落晓霜。

南度征鸿消息断，凄凉。

卧听寒更滴漏长。

无处话离伤。

尽把乡思诉大江。

遥想柳堤芳草岸，徜徉。

松水滩头明月光。

二

清冷透纱窗。

菊老荷残没晓霜。

几度秋风催客鬓,苍凉。

黑水白山万里长。

恨别苦情伤。

赤子虚怀拥大江。

消尽年华终不悔,昂扬。

归盼家山看月光。

【注】

① 大江,即松花江。作者从小在松花江边长大,对这条大江有着深厚之情。

二〇〇八年十一月

南歌子·秋怀二首

一

亭下萧疏柳，岭头寂寞枫。

临窗凭眺客心惊。

又是一山红叶冷秋风。

浩宇一弯月，银河数点星。

寒醪独饮怅飘蓬。

清夜管弦哀转不堪听。

二

香梦随云散，愁肠待酒浇。

羁人何处听吹箫？

忧怨声声漫洒柳边桥。

塞外归思远，天边隔望遥。

眼前秋景正萧骚。

又见欣欣草木浸霜雕。

二〇〇八年十一月

巫山一段云·贺俊敏生日

十载金兰①契,一生寒柏交。

松梅格品见风操。

书剑亦称豪。

瑶句春风递,彩笺锦字浇。

京门松水两迢遥。

好梦共今宵。

【注】

① 金兰,指作者与于俊敏先生十年前结为金兰兄弟。

二〇〇九年三月

南柯子·己丑二月初二生日有感二首

一

秋老丹枫落，春开碧草萌。

流光倏忽破新正。

又见神龙昂首舞东风。

翰墨由来趣，山河无限情。

独将诗酒乐平生。

浩浩大千共我踏歌行。

二

岁月悄然逝，韶华不久留。

匆匆白了少年头。

怎奈春光几许又逢秋。

云雨从容对，天涯浪荡游。

故人一去几回眸。

惟见龙江流水去无休。

江城子·忆情

当年轻别恨无休。

几回眸。

泪难收。

一寸丹心,从此为伊留。

遥对龙江凭怅望,人已远,水空流。

五湖行客又逢秋。

醉离愁。

怕登楼。

岁月星霜,染白少年头。

欲寄佳人云外信,天际渺,盼鸿游。

二〇〇九年十月二十日

长相思·思君并和魏律民先生《长相思·别情》

日亦思,夜亦思,最盼朝朝入梦时。
故人相见稀。

愁依依,恨依依,难写心头肠断诗。
浅情人不知。

二〇〇九年三月

附:魏律民先生原词

长相思·别情

晓也思,暮也思,思到秋霜染鬓时。
离愁伴古稀。

笔依依,墨依依,苦写倾心泪上诗。
断肠惟酒知。

浣溪沙·故里情思并寄俊峰、云彬①君

百里平畴菽稻香。

金风送爽好秋光。

轻飞车子过松江。

别袂时逢江柳翠,归桡已见菊花黄。

一壶乡酒意绵长。

【注】

① 俊峰,指宋俊峰,现任黑龙江省巴彦县副县长;云彬,指肖云彬,现为巴彦县建设局局长。二人是作者挚友。

二〇〇九年九月二十日

南乡子·元旦二首（同韵）

一

金福①喜迎年。

初上华灯映绮筵。

天女②下凡舒舞袖，翩跹。

乐奏铿锵入广寒。

午夜兴犹酣。

雅韵高怀益友三。

美景佳辰堪醉享，狂欢。

一曲笙歌尽笑颜。

二

京国欲穷年。

故友新知共酒筵。

饮尽千觞谁敌手?当先。

志节如松耐岁寒。

扶病笔犹酣。

五十光阴已过三。

流水落花霜染鬓,犹欢。

满眼诗华慰客颜。

【注】

① 金福,酒楼名。当晚同乡数十人在此过元旦。
② 天女,焰火名。元旦当晚放焰火,其中有焰火名为"天女散花"。

二〇一〇年十二月三十一日

行香子·步"秋高气爽"《秋》原韵

稻又翻金，雁又翔云。

喜丰收、天降洪恩。

秋添旅意，诗记征尘。

让字流香，句流美，韵流芬。

编中数(shǔ)岁，集里更春。

问耽爱、唯酒难分。

花开花落，吾写吾真。

用此生情，今生梦，毕生心。

二〇一八年九月十八日

附：魏律民先生原词

行香子·秋

万树流金，五彩衔云。

畅辽阔，感悟天恩。

西风退雾，寒露吞尘。

享林清静，溪清澈，菊清芬。

回眸旧岁，厮守青春。

怎堪忘，几许离分。

花明柳暗，意切情真。

写一行雁，一弯月，一颗心！

行香子·致魏律民先生

日月流金,旧梦随云。

终难忘、知遇之恩。

凡间万虑,过眼成尘。

但人留名,骨留傲,德留芬。

赓酬数载,历岁经春。

揖先生、承让三分。

追怀故往,感念纯真。

有那时欢、那时惑,那时心。

二〇一八年九月十九日

评论文章

梁松印象

我与梁松是老同事、老相知、老朋友。我们同是黑龙江人，早在三十年前，我和梁松就同在一个城市（祖国东极魅力之城佳木斯），且同一个区机关做文秘工作。几年后，才华出众的梁松崭露头角，被选拔到市政府机关工作。由于对书法和诗词的共同钟爱，我与梁松虽然工作上分开两处，但彼此的交情却日益深化。梁松的发展、成熟，成熟、发展的步履，始终在我的脑际铿锵作响。

当年，梁松只有二十几岁，风华正茂。他不仅容貌帅气，风度翩翩，行止有度，处事稳健，而且勤奋好学，内功厚重，大有厚积薄发的潜能。他自幼酷爱书法，参加工作时就写得一手好字；不是一般的好，也不是百里挑一、千里挑一，而是万里乃至十万里挑一之好。自我们成为同事的那一天起，我就知道他把很大一部分工余时间，用在习练书法上。没过几年，他撰写的《中小学生钢笔字帖》《钢笔字练习册》等书作出版了，并一版再版在省内以及全国热销。功夫不负有心人，三十几岁的梁松就成了佳木斯地区许多人熟知的书法家了。曾记当时，我的夫人就与梁松订下"约法三章"：我家每年的春联都由他来包写。梁松是一个言而有信的人，从那以后，他不仅年年给我家包写而且包送春联，直至他离开佳木斯去北京发展。回想那些年，每逢新春佳节，孩子们在门前燃放着鞭炮，我在一旁欣赏着房门两侧由梁松题写的楹联，那字迹犹如他的性格一样豪放，那词句犹如他的心地一样火热，真是令我兴高采烈，万千感慨……

梁松不仅在书法上成果斐然，而且在古诗词研究上也有很深的造诣，吟诗作赋功底厚重。他特别擅长格律诗，他所写的五律、七律不仅仅是简单的合辙押韵、对仗工整，有许多诗句出语精湛，古风新意兼而有之；立意高远，大气飘逸，给人启迪，令人回味。梁松的诗作时常在《中华诗词》《光明日报》等报刊上发表，不妨可翻来一睹究竟。自从梁松去北京发展之后，我们虽然见面的机会少了，但为了弥补别离的缺憾，我们通过"短信"相互发诗、赠诗、和诗却逐渐多起来。从中不难看出梁松诗词才华的突显及其诗作的成熟、拔高，是与他悉心经营的文化事业的发展相辅相成、并驾齐驱的。话说2007年，梁松通过"短信"给我发来一首《七律·丁亥岁末感怀》，诗中写道：

莫道京华池水深，赖凭豪气闯龙门。
雄心弄墨兴家国，励志修书惠子孙。
岁久常思乡里友，夜深犹忆梦中人。
流光五载如弹指，鸿业当须夙夜勤。

从这首诗的字里行间，足以看出梁松的人生价值取向和襟抱。诗作既表达了他在事业上追求远大理想的志气和胆气，又道出了他对故乡和友人的深厚情感。同时，从诗中还可以看出，他把深化友情与开创事业摆在同等重要的位置，折射出他原本从骨子里就把两者糅和在一起的德性特质和人格魅力。如果你不了解梁松的这一特质，那么你可能会以为"思乡念友"之句是偏离主题或画蛇添足。今年春节之

际,梁松又从北京给我发来一首《七律·早春抒怀》:

> 春到瀛寰万象新,东风着意惹骚人。
> 裁诗欲纵凌云笔,把酒当倾纳海樽。
> 巨制集成真气魄,鸿猷谋尽见精神。
> 放杯一曲广寒上,好与嫦娥舞碧云。

这首壮美、大气且富有浪漫主义色彩的诗作,把诗人事业大成、春风得意的情状体现得惟妙惟肖、淋漓尽致。值得提及的是,梁松写诗思维敏捷,出口成章。我写给他的诗,他往往在一个晚上就步韵回和两三首,真个让我望尘莫及也。

梁松在书法和诗词上均有所作为,有所成就,但这都属于他的业余爱好。梁松是一个胸怀远大抱负之人,早年就有为弘扬书法和古诗词等中华国粹做贡献之志。当初,在市场经济大潮冲击,传统文化产业不景气,面临新抉择的情况下,梁松则是"雄心弄墨兴家国,励志修书惠子孙",带上当年出书、卖书的积蓄,"赖凭豪气",只身赴京"趟深水,闯龙门",终于创办了北京天识东方文化艺术传播有限公司,并任公司董事长。梁松敢想敢干,敢闯新路,他提议、主张并亲手主编的《中国书法大典》已出版55卷;他做执行主编编辑的《中华诗词文库》已出版80余卷,真是不鸣则已,一鸣惊人。常言道:有一分耕耘,就会有一分收获。梁松是时代的佼佼者、幸运儿,他所付出的辛劳和获得的成就总是成正比的……

三年前我曾经写一首赞美梁松的诗,有人说这诗未免有夸张乃至吹捧之嫌。不管别人说什么"夸张"也好,说什么"吹捧"也罢,反正这就是我心目中的吕梁松。所以，还是把这首诗附在后面：

风流才子乃梁松，妙笔生花惠故城。

挥墨江东写书圣，裁诗塞上比昌龄。

赴京辑典鲲鹏气，谋事思民禹舜风。

常聚显达无媚骨，每逢旧雨醉刘伶。

魏律民

写于2011年3月4日

走近梁松

认识梁松是在上世纪九十年代初叶，那时候他在佳木斯市政府办公室做接待工作。因为工作的往来频繁，我们从陌生到熟悉、从普通的朋友到一生的相知。那一次次、一幕幕相聚的时时刻刻、场场景景，让我至今仍难以忘怀和割舍。当年的他，一米八的大个子，四方大脸，浓眉双眼炯炯有神。春秋季节喜欢披着一件藏蓝色的毛料风衣，走起路来是潇潇洒洒，浩然英风，充满男子汉的阳刚之气，更显示出他做人的真诚和豪爽，洋溢着一种有亲和力的人格魅力。起初印象最深的是他喝酒的气势。常言说酒品看人品，他喝酒不像有的人矫揉造作，而是充满诚挚和激情，颇有东北男子汉的典型性格。一杯四两的高度酒，他可以一饮而尽而面不改色，足以撼动人的心灵。在场的人不喝到位都难以却其情，最终还得不由自主地"以酒相许"。不过对于不胜酒力的人，他也不会勉强，他会理解甚至必要的时候代而为之。朋友若是有事找到他，他每次都会热情地跑前跑后，从不推辞，自己工作再忙都要抽出时间把忙帮到底。正是因为他的豪爽和真诚，结交了很多好朋友。他到北京发展后每次回到佳木斯，只要听到他的信息，一些老朋友都会主动请他喝酒，在一起重温过去的情感，畅叙当年的趣事儿。每每此时他都会情不自禁地倾杯纵怀，同桌的人无不受他的感染，把酒言欢，一醉方休。

了解梁松那是从他的字开始的。因为和梁松接触多了，被他的人格魅力所吸引，想与他加强联系。一次在席间我请他把他的信息写在我的通讯录上。他向服务员要来圆珠笔，挥洒自如地把姓名、地址、电话等信息很快地写好。看着他娴熟的挥笔和跃然纸上俊朗有力的字体，对于爱好书法的我来说，在感到惊异之余，对本来就堂堂英俊的梁松更增加了一种好奇心。正是因为好奇，有一次和朋友相聚后，趁着酒兴我以送他为由跟他到家想看个究竟。他家的书房古色古香，紫檀色的书柜、书桌摆放得井然有致，特别是桌角上厚厚的工具书、桌中间铺开的宣纸、笔墨，洋溢着浓郁的文化气息。热情的嫂夫人迎上前来，一边寒暄、一边沏茶，还一边不无嗔怪地叨咕：梁松不管工作有多忙或应酬回来有多晚，他都要写上两三个小时的字，经常到凌晨一两点钟。我暗自为梁松锲而不舍的精神和不知疲倦的努力而感动。梁松不仅人长得高大，字也写得隽永，颇有古人的遗风。他通过坚持不懈地研习、创作，编写出版了《中小学生钢笔字帖》《钢笔字练习册》等书籍。当时，梁松的书作为书法教学教材，在黑龙江省特别是佳木斯地区，成为学生和书法爱好者临习必备的教科书。直到现在，佳木斯还有很多书法教师，用梁松的书做教材指教学生。应该说，梁松作为书法家，在研究和传承中国传统文化上作出了积极的贡献。

　　理解梁松源于他的诗词。随着与梁松的交往越来越密切，我发现他是个内心世界非常丰富的人，且有很深的文化底蕴，对古体诗词颇有些爱好。不，应该说不仅仅是爱好更有比较系统、深入的研究。我对古体诗词也有些兴致，得益于梁松的启引。记得有一年冬天，我的一首新作七律《北国冬韵》用短信形式发在他手机上：

> 松花绽放大江边，银彩婀娜北国园。
> 冲浪雪洋尝雅趣，滑翔冰海享怡然。
> 风刀巧镂雄狮吼，玉手奇妆淑女娴。
> 冬泳劈波惊汉宇，霜花淡抹醉人间。

梁松在三十分钟内就奉和一首发在我的手机上：

> 巍然壁立大江边，玉树银花北国园。
> 雪塑楼台观画意，冰雕栋宇赏天然。
> 青松枝上松涛吼，白玉宫中玉女娴。
> 绝色风光观不尽，击风斗雪乐其间。

梁松才思之敏捷、应对意境之精到，让人感受了他扎实的遣词造句功力，尤其是独到的对北国风光的解读和欣赏，足以让人体察他对大自然的热爱之情。梁松与我同庚，那年我们皆逢天命之年，早春二月，他把自己的感怀寄诗抒发：

> 悠悠岁月感浮生，万念红尘如梦中。
> 弱冠田畴思富贵，盛年胥吏慕虚荣。
> 三千里外边城忆，五十年间翰墨情。
> 半世光阴零落尽，生涯只在酒中倾。

诗中饱含了他对人生往事的感悟和对所热爱的事业痴心不改的追求，更有壮志未酬拼搏不止的雄心毅胆。接到他的诗作我也感慨万端，步韵相和，诗曰：

> 幸于华诞月重逢，喜在归春惬意中。
> 好似神来因翰墨，趣同愫往赖文情。
> 习书兄引提阿敏，作赋弟随妨梦龙。
> 天命正时乘暖旭，吾侪龙马借东风。

借此诗在共鸣中相勉互励，在共同爱好的事业征途上互相支持，携手向前。又是一年的春日，梁松从京城兴致勃勃发来一首诗给我和律民兄，诗曰：

> 朝日光芒耀世昌，笔歌墨舞醉春光。
> 雪消塞岭千原秀，风暖燕山百卉香。
> 方晓江城藏俊彦，已知于魏卧龙骧。
> 琼瑶写尽凌云笔，帝阙邀君共举觞。

从诗中可以看出梁松在对春的喜悦中，寄予新一年的事业充满激情的期待，特别是对远在家乡的老朋友共同爱好的精进和重逢的渴望。我用新韵回复：

> 运河潋滟泛心花，千里挂怀紫禁发。
> 同沐春阳抒福瑞，相迎暖煦递新嘉。
> 诗情浪漫春秋彩，墨色神着日月华。
> 两地相拥终有日，刘伶伴醉不回家。

抒发了我对老朋友的挂念，尤其是对他的事业不断发展壮大的企盼和祝福。现在已成为中华诗词学会常务理事的梁松，在老一辈诗词大家的栽培下，诗词的进步日新月异，品位和格调不断提升。

钦佩梁松是他二次创业的选择。当年的梁松在政府机关可以说是一帆风顺的。按着他的能力和为人如果一直做下去，一定会取得不凡的业绩。可是他却偏偏选择了自己爱好的事业——传统文化，毅然放弃了他本来可以轻轻松松就能成功的仕途之路，而且发展的方向又在北京这个"山高水深"的都城，本人又没有必要的社会基础和比较雄厚的经济条件，家人和朋友都为他担心、惋惜。可他却信心十足地说，这是他一生的追求，不管前进的路上有多少艰难险阻，他都会义无反顾地坚持下去，直到实现自己的梦想。这之前曾有人打趣地说他是有胆有"石"的人，因为他曾得胆结石做过手术，这次这个"石"字变成了胆识的识。一般的人是没有这样的胆略和气魄的。大家佩服他的胆识，但对他的前程还是心存疑虑的。初到京城创业的梁松两眼一抹黑，白手起家，可以说举步维艰。大大小小的事都要一件一件亲自去跑，办一个手续跑几天、跑多少个地方是经常的事。但他从来没有气馁、没有灰心，凭着一种执着、一种真诚、一种不服输的精神，一步一个脚印地走下来，用他的胆识、用他的智慧、用他的勤劳、用他的拼搏，在诺大的北京文化市场开辟了一片天地。这几年他通过不懈的努力，相继与中国书协合作出版了《中国书法大典》（任主编），与中华诗词学会合作出版了《中华诗词文库》（任执行主编）。近期又启动了《当代中华诗词集成》的编辑出版工作。在不久的几年，一部可以比肩唐宋诗词全集、汇集1949年以来诗词精华的划时代《当代中华诗词集成》，将会给关注的国人送上丰盛的文化大餐，给灿烂的中华文化宝库添上浓墨重彩的一页。

京中多病每强撑，客路时艰踉跄行。

消尽华年吟白发，熬穷寒夜写青灯。

襟怀敢放千觞饮，肝胆难收一寸倾。

但得集成芳翰苑，定驰捷报到江城。

这首写在《当代中华诗词集成》组稿前的诗，表达了梁松献身事业、艰苦奋斗的意志和豪情满怀、披肝沥胆成就事业的情怀。相信梁松的文化事业之路，会在文明古国的中华大地上，走得越来越远，越来越宽……

于俊敏
2011年12月于湘淞斋